U0540694

家风

我的家风第一课

和祖国在一起

中国妇女儿童博物馆 / 主编
张星 / 编著

天津出版传媒集团
新蕾出版社

图书在版编目(CIP)数据

和祖国在一起 / 张星编著；中国妇女儿童博物馆主编. —— 天津：新蕾出版社，2021.9（2022.7 重印）
（我的家风第一课）
ISBN 978-7-5307-7237-9

Ⅰ. ①和… Ⅱ. ①张… ②中… Ⅲ. ①故事 – 作品集 – 中国 – 当代 Ⅳ. ① I247.8

中国版本图书馆 CIP 数据核字（2021）第 140910 号

书　　　名：	和祖国在一起　HE ZUGUO ZAI YIQI
出版发行：	天津出版传媒集团 新蕾出版社

http://www.newbuds.com.cn

地　　　址：	天津市和平区西康路 35 号（300051）
出 版 人：	马玉秀
电　　　话：	总编办（022）23332422 发行部（022）23332679　23332677
传　　　真：	（022）23332422
经　　　销：	全国新华书店
印　　　刷：	天津新华印务有限公司
开　　　本：	880mm×1230mm 1/32
字　　　数：	88 千字
印　　　张：	6.25
版　　　次：	2021 年 9 月第 1 版　2022 年 7 月第 3 次印刷
定　　　价：	32.00 元

著作权所有，请勿擅用本书制作各类出版物，违者必究。
如发现印、装质量问题，影响阅读，请与本社发行部联系调换。
地址：天津市和平区西康路 35 号
电话：（022）23332677　邮编：300051

总 策 划	蔡淑敏
主　　编	寇虎平　宋　放
执行主编	梁　红
编　　委	徐　鲁　张　星　徐德明　赵斌斌
	郝轶超　徐珊珊　曹建慧　史春晖

目　录

1 詹天佑：中国铁路之父
- 我们要有信心 …………………………003
- 精益求精的工程专家 …………………006
- 不占国家的便宜 ………………………009
- 博物馆里的珍贵记忆 …………………011

2 蔡元培：学界泰斗　人世楷模
- 牢记母亲的教诲 ………………………019
- 办一所真正意义上的大学 ……………021
- 脱胎换骨的北京大学 …………………023
- 让孩子自由成长 ………………………026
- 博物馆里的珍贵记忆 …………………029

1

3 梁启超："饮冰"自解的大学者

- 真正的学问要能救国救民 ……………035
- 一支笔强于十万兵 ……………037
- 儿女们的知心好友 ……………040
- 博物馆里的珍贵记忆 ……………043

4 秋瑾：鉴湖女侠 英名千古

- 自小立下报国志 ……………051
- 不信"女子无才便是德" ……………053
- 心比男儿烈 ……………054
- 视死如归的"女侠" ……………057
- 博物馆里的珍贵记忆 ……………060

5 陈寅恪：教授之教授

- 专心于学术的大学者 ……………065
- 默默帮助后辈的两封信 ……………068
- 仰之弥高 钻之弥坚 ……………070
- 博物馆里的珍贵记忆 ……………072

⑥ 叶圣陶：让孩子自由成长

- 我热爱这个世界 ……………079
- 越是自由越要自觉 ……………082
- 编辑出版世家的秘密 ……………085
- 博物馆里的珍贵记忆 ……………089

⑦ 林巧稚：把自己嫁给医学的"万婴之母"

- 追逐梦想　助人为乐 ……………095
- 为了挽救更多的女性 ……………098
- 病人高于一切 ……………101
- 第一张药方是关爱 ……………104
- 做一辈子值班医生 ……………106
- 博物馆里的珍贵记忆 ……………109

⑧ 傅雷：家书教子　父爱如山

- 震颤心灵的教诲 ……………118
- 执着的翻译家 ……………120
- 学会做人最重要 ……………124
- 家书抵万金 ……………127
- 博物馆里的珍贵记忆 ……………130

⑨ 钱学森：中国航天事业的奠基人

- 为报效国家而留学 ……………………… 137
- 艰难坎坷的归国路 ……………………… 139
- 姓钱却不爱钱 …………………………… 142
- 不同的分数，不同的态度 ……………… 145
- 博物馆里的珍贵记忆 …………………… 148

⑩ 邓稼先：无双国士 "两弹"功臣

- 用科学使中国强盛起来 ………………… 155
- 隐姓埋名研制原子弹 …………………… 158
- 无悔的选择 ……………………………… 161
- 小家大爱　慈父情怀 …………………… 164
- 博物馆里的珍贵记忆 …………………… 167

⑪ 黄旭华：潜心奉献　国之栋梁

- 坎坷的求学之路 ………………………… 175
- 隐姓埋名三十年 ………………………… 177
- 第一个参与深潜的核潜艇总设计师 …… 180
- "八字"家风　代代相传 ………………… 183
- 博物馆里的珍贵记忆 …………………… 186

詹天佑：
中国铁路之父

詹天佑被誉为"中国铁路之父",他主持修建的京张铁路,是中国人独立自主建成的第一条干线铁路,彻底粉碎了当时外国人叫嚣的所谓"能修京张铁路的中国人还没出生"的狂言。京张铁路的工程造价只有外国人估价的五分之一,实际工期却比原计划短了两年,震惊了世界。京张铁路的修建极大地振奋了民族精神,成为中国铁路史上的一座丰碑。周恩来总理曾高度评价詹天佑是"中国人的光荣"。

我们要有信心

1861年,詹天佑出生在广东省南海县(今广州市荔湾区)一个破落的小商人家庭。尽管生活困难,父亲詹兴洪还是在詹天佑很小的时候就把他送到了私塾去读书。

詹天佑聪慧好学,在私塾学习成绩也不错,但是他内心对那些"四书五经"并没有多大兴趣。这也与他生长的环境有关:广州是当时为数不多的对外开放口岸,因此詹天佑总能见到一些"洋玩意儿"——来自西方国家的机器物件。他对这些洋玩意儿产生了浓厚的兴趣,总是想方设法到处收集小零件,兜里也经常揣着一些小发条、小齿轮,一有空就试着组装。

他还偷偷地把家里的钟表拆开,观察钟表里的构造,又悄悄地组装好。以家里的条件,詹天佑靠科举走上仕途的希望很渺茫。所以父亲知道他的小爱好后,给予了支持和鼓励,希望他能学好一门技艺,以此谋生。

詹天佑10岁时，清政府决定选派幼童出国留学。詹天佑的父亲有位朋友对西方国家比较熟悉，见詹天佑对机器充满兴趣，就劝说詹天佑的父母让他留洋学习。学业优秀的詹天佑顺利通过了选拔考试的笔试。面试的考官是中国首位赴美留学生容闳，詹天佑的机敏睿智和彬彬有礼给他留下了深刻印象，他当场就决定录取詹天佑。

到美国时，詹天佑只有11岁。他从小学读起，以全校第2名的成绩从中学毕业，入读耶鲁大学土木工程系。

当时的美国正在经历第二次工业革命的浪潮，火车飞驰，轮船疾驶，机器轰鸣。面对美国发达的科技和工业，一些中国留学生的内心掀起了巨大的波澜，他们先是惊讶和羡慕，随之而来的就是极大的悲观失望。

"我们中国什么时候才能发展到美国这样的水平呀？"

"我看太难了，也许我们是看不到了。"

听了同学们的感叹，詹天佑攥紧拳头，坚定地说："我们要有信心，只要我们齐心协力，中国很快就会有火车，有轮船，有工厂，而且将来会有更多。"

詹天佑知道，自己只有在美国学到先进的技术，才能报效国家。在耶鲁大学土木工程系,他毅然选择了铁路工程专业。在当时的中国,从朝廷到民间有很多人认为修铁路会破坏风水,学修铁路一直被视为异类,所以很多人不理解他的选择。

詹天佑在美国多年,深知铁路在国家经济发展中的重要作用。英国、德国、美国都是通过大力推进铁路建设,才实现了工业发展的大跨越。中国要走上富强的近代化之路,就必须建立起四通八达的铁路网。他相信国人对铁路的偏见总有一天会消除。

詹天佑始终牢记报国之志,刻苦学习,两次获得耶鲁大学数学第一名的奖学金,最终以优异的成绩从耶鲁大学毕业。在清政府派出的赴美留学的120人中,只有两人最终获得了学位,詹天佑就是其中之一。

精益求精的工程专家

虽然詹天佑相信国内迟早会修铁路，但是回国之后，他却等了好几年才进入中国铁路公司担任工程师。

1890年，清政府决定修建关内外铁路，聘请了英国人金达为总工程师。两年后，铁路修建到直隶省滦州（今河北省滦州市）时，必须在滦河上建造铁路大桥。但是河床淤沙很深，地形复杂，工程难度巨大。金达不敢大意，便邀请了英国人考克斯来负责建桥。考克斯被称为当时"世界第一流工程师"，但面对夏季滦河河水暴涨、水流湍急、河床泥沙又很深的情况，打桩总是不成功，筑好的桥墩也屡屡被水冲毁，于是就将工程转包给了要价更低的日本工程师。日本人遇到了同样的难题，也无可奈何。眼看交工日期临近，金达心急如焚，又重金请了一位德国工程师。德国人甚至连桥桩也打不下去，只好灰溜溜地宣布放弃。

金达气急败坏，不得不四处求助，这时有人向他推荐了年仅32岁的詹天佑。金达心里嘀咕起来："英国人、日本人、德国人都办不成的事,中国人能行吗?"可是他无人可用,也只能试着邀请詹天佑主持建桥。

詹天佑勇敢地接受了挑战。他先向老船工了解了滦河水流变化的情况,亲自勘测水深、流速和河床地质特点,掌握了第一手资料后,在水流较缓慢的河段重新确立了桥址。接下来就是最关键、也是最困难的一步——建造桥墩。詹天佑采用了中国传统的造桥方法并大胆创新,首次用"气压沉箱法"下桩砌牢,一座座坚固的桥墩得以陆续矗立在滦河之中。桥墩筑牢之后,架桥就相对容易了。

滦河铁路大桥建好以后,外国工程师都对詹天佑刮目相看,金达还推荐他加入了"英国土木工程师学会",詹天佑成为这个学会历史上第一位中国人。

滦河铁路大桥一战成名后,詹天佑又参与或主持了多个铁路工程,积累了丰富的筑路经验。因此,当1905年京张铁路开始建设时,他便成了总工程师的不二人选。

京张铁路因为工程难度高、任务艰巨,且完全由中国人自己设计和建造,在中国铁路史上具有划时代的意义。詹天佑的名字也和京张铁路紧密地联系在一起，在这条铁路上，他别出心裁地采用了"竖井开凿法"，并设计了一种"人"字形线路，不但缩短了工期，火车上山也容易多了。

在工程创新之外，他严谨认真的态度同样为后人树立了榜样。有一天，天色已经很晚了，猛烈的西北风卷着沙石在八达岭一带呼啸。测量队的队员们都想早点儿下班，记录下测量数据后，没有核对就从工地回来了。

詹天佑一边翻看记录本一边问："这些数据准确吗？"

"差不多吧。"测量队员回答。

詹天佑听到队员这么回答，心里"咯噔"一下，马上用严肃的口吻说："差不多是差多少？工程技术最基本的要求就是精密，不能有丝毫差错，尤其是铁路，一点儿差错造成的后果都可能是致命的！"

说完，他顾不上恶劣的天气，带着测量仪器，独自爬到岩壁上，把所有数据重新测量并核对了一遍，果然发现之前的数据里有一个误差，并及时进行了修正。

京张铁路建成后，一些欧美工程师在乘车参观时，都对詹天佑在异常复杂的地质环境下能做出如此高质量的工程赞不绝口。但是,詹天佑却始终保持着谦虚的本色,在京张铁路落成典礼上,一位好朋友问詹天佑:"你修建京张铁路,哪一段工程难度最大?"詹天佑抖了抖手中的致辞文稿,幽默地说:"最难的就是今天我的致辞。"

不占国家的便宜

京张铁路修建完成后,詹天佑成了国内顶级的铁路工程师。

詹天佑在担任汉粤川铁路督办兼总工程师时,当时的北洋政府通知他,说可以让他的两个儿子公费出国留学。詹天佑幼年留学美国,深知留学对个人成长能起到重要作用,也非常期待孩子能有机会出国学习,但他心里很清楚:政府让我的两个孩子公费出国读书,并不是他们两人多么优秀,而是因为我在铁路工作上对国家做了一点儿贡献。

国家的公费留学资格应该用来鼓励更优秀的孩子,他们两个用公费留学不合适。

因此,他坚决拒绝了北洋政府对自己两个孩子的特殊照顾。后来,他自己出钱送两个孩子到美国留学。孩子们很不理解,詹天佑语重心长地对他们说:"如果公费留学,你们难免会有些懈怠,我自己出钱,你们才不敢偷懒,你们不好好学,浪费的就是家里的钱,而且我也没有过多的钱供你们虚掷光阴。"孩子们这才明白了父亲的良苦用心。

孩子们留学需要一笔不小的开支,詹天佑和妻子不得不精打细算,原本还算宽裕的生活一下子变得捉襟见肘,但是詹天佑从没有后悔过。

为了中国铁路事业的发展,詹天佑呕心沥血。北洋政府考虑到他工作的需要,就想为他配一辆汽车。汽车在那个年代属于奢侈品,不是一般人能够买得起、用得起的。詹天佑婉言谢绝了这份好意,他说:"国家现在很不富裕,修建铁路还需要很多钱,就把给我买汽车的钱省下来,用在建设铁路上吧。"这个决定感动了许多人。最终,他用自己的积蓄买了一辆马车,在工作时使用。

詹天佑临终前,口述了《遗呈》让儿子记录下来,呈给当时的北洋政府。在《遗呈》中,他回顾了自己的一生,并希望国家能够继续关注铁路事业、维护中国铁路的权益、培育工程学后人。詹天佑从事铁路建设30余年,一心报国,最后念念不忘的还是自己终生热爱的铁路事业和祖国的发展。这种高尚的报国情怀,也影响了他的后代,子孙也继承了他的遗志,大都走上了与铁路和工业相关的报国路。

博物馆里的珍贵记忆

京张铁路"人"字形线路模型

前页这张图里的模型展现的是中国近代铁路工程专家詹天佑主持修建的京张铁路，现藏于北京八达岭的詹天佑纪念馆。

京张铁路从北京丰台到河北张家口，是中国人自主设计、修建的第一条铁路线。青龙桥路段山势险峻复杂，为了解决此路段施工中坡度过大的问题，詹天佑选择了"人"字形线路，用水平距离换取垂直距离。这一设计使八达岭隧道的长度比预计减少了一半，工期缩短了两年，还节约了资金。这条"人"字形铁路，直到100多年后的今天仍在使用，是詹天佑为中国铁路做出伟大贡献的历史见证。

除了京张铁路，京沈、粤汉、川汉等十几条重要铁路干线的修建，詹天佑同样倾注了心血和汗水。

詹天佑纪念馆

在八达岭长城北侧，有一座位于京张铁路八达岭隧道上方的博物馆，这就是中国铁道博物馆分馆——詹天佑纪念馆。

这座纪念馆依山势而建，造型简朴。馆内有各类珍贵文物2000多件，有詹天佑各个时期的照片以及他的工程图纸、测绘工具、手稿、证章等，还有反映京张、川汉、粤汉等中国铁路早期历史的图片及历史文物遗存等。詹天佑纪念馆生动地展现了詹天佑爱国、创新、奋斗、自强的光辉一生，也展示

了中国现代铁路建设所取得的辉煌成就,是百年中国铁路史的缩影。

詹天佑纪念馆的首任馆长是詹天佑的孙子詹同济。詹同济也是一位铁路工程师,他穷后半生精力,带领詹家后人进行詹天佑史料的编译和研究,为人们进一步了解詹天佑提供了更多途径。

詹天佑故居纪念馆

位于广东省广州市荔湾区的詹天佑故居纪念馆,是一座清末民初普通民居样式的建筑,古朴的青砖凸显了西关普通家庭的朴素和静穆。

故居的墙上悬挂着一副对联,写着"幽芳淡冶仙为侣,傲骨嶙峋世所稀",这是詹天佑的故友写给他的,也是詹天

佑一生的写照。

有趣的是,故居的陈设,是参照一张在这里封藏了一个多世纪的旧玻璃底片来布置的。纪念馆内收藏有京张铁路钢轨,京张铁路使用的铜铃,认购钢料的样板盒,詹天佑生前用过的画图仪器、字帖、墨碟以及詹天佑自书履历等。其中,刻着字迹的京张铁路钢轨是詹天佑纪念馆首任馆长詹同济从京张铁路沿线捡到并不远千里送归祖父故乡的。

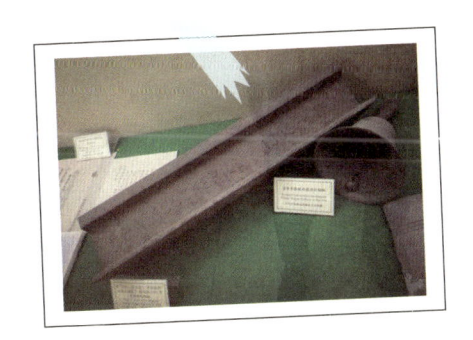

2

蔡元培：
学界泰斗　人世楷模

蔡元培是我国近代著名的教育家和民主革命家，是中国近代历史上第一代"学贯中西"的人物中的佼佼者，他曾三游海外，救亡图存，被毛泽东誉为"学界泰斗，人世楷模"。蔡元培的一生秉承着"不苟取、不妄言"的家训，无论在工作上还是生活上，都严格自律。让我们走进他的故事，感受这位学界泰斗的人格魅力。

牢记母亲的教诲

蔡元培出生于中国历史文化名城浙江绍兴,祖上是乐善好施的儒商世家,蔡元培的父亲蔡光普是一家钱庄的经理,平日里宽厚随和、乐于助人,母亲则勤俭贤惠、谨言慎行。在这样的家庭环境下,蔡元培从小耳濡目染,形成了正直、敦厚的性格。

11岁那年,蔡元培的父亲因病去世,家里的经济状况变差了,家庭的重担一下子落到了母亲身上。很多亲朋好友纷纷伸出援手,但都被坚强的母亲婉言谢绝。

蔡元培年纪虽小,却把一切都看在了眼里,早早就懂得了母亲的不容易。由于家中困窘,为了节省灯油,蔡元培总是借着炉灶中的火光来照明学习,而且学得废寝忘食。

有一天傍晚,家里有个房间着了火,逃出来的家人全都惊慌失措,等清点人数的时候,却发现少了蔡元培。原来他还在书房里全神贯注地学习,根本没有发现家里着火了,家

人赶紧把他给拽了出来。

由于蔡元培从小聪慧好学,老师觉得他是个好苗子,所以给他布置的作业往往比其他人多。蔡元培经常要熬夜写作业,母亲总会不辞辛劳地陪在他身边,边做针线活,边安慰鼓励他。

有一次,蔡元培要写一篇文章,熬到了深夜还没写完。母亲就对他说:"夜太深了,人也疲倦,影响你展开思路,不如赶紧睡觉,等早起再写。"第二天早上,蔡元培果然文思泉涌,不一会儿就写出了一篇好文章。后来,当他回忆这件事的时候说:"熬夜不如起早,这是母亲对我的教育。"

除了督促学习,母亲对蔡元培和他的兄弟姐妹的品行教育也非常上心。她总是勉励他们要自立、不依赖他人,还时常提醒他们要"慎言":"有事与人谈话,一定要预想对方会怎么说,你应该用什么话回答。谈完后,还要想一想对方刚才说了些什么,而你又是怎么回答的,有没有出错的地方。"

母亲对蔡元培寄予了厚望,希望他能有所成就,而蔡元培也没有辜负母亲的期望。他牢记母亲明理、慎言的教诲,继承了母亲坚强刚毅的品性,因此能在风雨乱世之中明辨是非,在关键时刻站在进步的阵营里,成为推动历史前进的先驱。

办一所真正意义上的大学

25岁时,蔡元培考中了进士,进入翰林院任职。后来,他接连经历了甲午战争和戊戌变法的失败,逐渐意识到:只靠自上而下的政治改良,不能从根本上救中国,要救国必先培养革新的人才。所以他毅然告别官场,南下回到家乡,走上了一条教育救国的道路。

回家后,蔡元培在绍兴的新式学堂——中西学堂担任校长,他增设了日语课,鼓励学生阅读维新志士们创办的报刊和撰写的著作,学习并接受进步思想。后来,他又在上海南洋公学等学校任教,参与创办了中国教育会、爱国学社、爱国女校等,提倡教育改革。

蔡元培在上海一边办学、办报、办刊物,一边从事民主革命活动,先后担任光复会第一任会长、同盟会上海分会负责人。辛亥革命之后,他成为中华民国第一任教育总长。

在担任教育总长期间,蔡元培对教育进行了大规模改革,把旧式学堂全部改为新式学堂,实行男女同校,颁布了新的学制……这一系列改革措施影响深远。

1916年,蔡元培出任北京大学校长。北京大学的前身是清末创立的京师大学堂,原本是一所培养官员的学堂,学生也多半是为了"学而优则仕"。蔡元培曾在自述中写到京师大学堂的官僚习气——所有学生都被称为老爷,而监督及教员都被称作中堂或大人。上体育课时,教员口中喊的是:"大人!向左转!大人!向右转!"

面对这种情况,有些朋友劝蔡元培:"这不是什么美差,还是不要去的好。"但是在孙中山先生等人的支持下,蔡元培还是毅然决然地去了北京大学任职,决心将这所全国最高学府办成一所真正意义上的大学。

1917年1月4日,蔡元培到北京大学担任校长职务的第一天,便开了民主新风。过去,北京大学的校长是政府任命的要员,进门时校工们要向校长行礼,校长自然是目不斜视、趾高气扬地走过。但是蔡元培到校的第一天,见到在校门口排得整整齐齐、恭敬行礼的校工,竟脱下礼帽鞠躬回礼。这股民主新风很快就吹遍了北京大学的校园,师生们的内心都受到了震动。

不久,蔡元培就带着这股新风,开启了整顿北京大学的"三步棋"。

脱胎换骨的北京大学

蔡元培的"三步棋",第一步是调整教师结构。在他看来,大学是"囊括大典、网罗众家"的学府,应该让各种不同的学术思想自由发展。于是,他将一大批新学方面的骨干如陈独秀、李大钊、胡适等人请来任教,也留下了研究旧学的辜鸿铭、黄侃、陈汉章等人。

第二步是推行教授治校。让教授自己管理学校,这在当时的中国是史无前例的。蔡元培在北京大学设立了由教授和其他老师组成的评议会,作为学校最高权力机构。他说,在这里校长说了不算,校长就是起后勤保障作用的,是给教授们服务的。

第三步是主张学生自治。蔡元培鼓励学生组建自己的学术社团,这在当时绝对是开创性的。比如傅斯年和罗家伦组织了新潮社,许德珩和其他学生组织了国民社。到1919年初,北京大学已经成立了20多个学术团体。

除此以外,蔡元培还组建研究所,扩充实验室,增购教学器材和图书,鼓励老师和学生创办学术刊物,着力改善教学科研环境。

蔡元培认为人人都可以进大学学习,他说,但凡有求学之心者,便应当获得同等的机会。为此,他改革了原有的招生制度,向社会开放大学之门,鼓励非北京大学的学生前来旁听。1918年4月,在蔡元培的倡议下,北京大学还开办了校工夜校。1920年,北京大学招收了9名女学生,开了我国大学男女同校的先河。

所有这些措施,被蔡元培归纳为"思想自由、兼容并包"的总方针。他不断贯彻自己的教育观点,追求学生在"体育、智育、德育、美育"各方面均衡发展。短短几年,北京大学就脱胎换骨,成了令全国学子无限向往的名副其实的第一学府。

在担任北京大学校长期间,为了重整学风,将北京大学打造成研究高等学问的自由的大学,蔡元培还曾经七次辞职,表达自己坚持学术自由的精神。

为了民族的觉醒,他把国家、民族的利益放在高于一切的地位;为了挽救民族危亡,他把培养青年的爱国主义精神和公而忘私的思想作为教育的重要内容;为了民族独立、国家富强,他舍弃安逸富足的生活,投身于革命的洪流当中。蔡元培不愧是一位真正的爱国者。

让孩子自由成长

蔡元培一生非常注重让学生自由、全面地发展。他曾在《中国人的修养》一书中写道:"决定孩子一生的不是学习成绩,而是健全的人格修养。"

这种因材施教、全面发展的教育思想也体现在他对自己子女的教育上。他对6个孩子非常爱护,也非常尊重孩子们,让他们自由成长。孩子们若是对某方面表现出兴趣和学习意愿,他就会创造条件满足他们,并加以精心培养。在孩子们眼中,他既是慈父,又是良师益友。

在孩子们还不识字的时候,蔡元培经常给他们讲历史名人励志成才、爱国奉献的故事。几个年龄较小的孩子上学读书后,他为他们买来一套500册的《小学生文库》,里面包含了自然、社会、文化、生活等相关知识,孩子们爱不释手,从中得到了全面的基础知识教育。

女儿蔡威廉喜欢画画,蔡元培就在旅居欧洲时带她游览博物馆、美术馆；儿子蔡怀新、蔡英多喜欢书法和绘画，蔡元培就领着他们去拜师学艺，还让他们拿着习作去请教画坛大师刘海粟；小女儿蔡睟盎喜欢钢琴，但家里没有钢琴，蔡元培就带着她去朋友的家中练习，还请了一位家庭教师教她弹琴。

蔡元培非常善于抓住时机对孩子们进行品格养成教育。有一次他在南京，孩子们给他寄来一些画作。他认真看完，郑重其事地写了回信，对每一幅画都给予了恰当的点评和鼓励。蔡睟盎画的是鲜花，他点评说"希望她像鲜花一样朝气蓬勃"，蔡怀新画的是房屋，他希望儿子"像屋脊一样挺拔"。他还买了三本精美的纪念册，送给蔡睟盎、蔡怀新、蔡英多，并根据他们每个人独特的气质和优缺点，分别题字勉励孩子们："智者不惑，仁者不忧，勇者不惧""富贵不能淫，贫贱不能移，威武不能屈""好学近乎智，力行近乎仁，知耻近乎勇"。

蔡元培的座右铭是"以身许国，功成身退"，他对子女则一贯提倡"要做事，不做官"。他要求子女刻苦努力，学有专长，造福社会。

除了长子夭折外，他的几个子女在学问上都有所建树。次子蔡无忌留学法国11年，是著名的兽医学家；三子蔡柏龄学习物理专业，从事磁学研究和强电磁体设计工作，多次获奖；四子蔡怀新毕业于交通大学，曾是复旦大学物理系教授；五子蔡英多就读于华东航空学院，后来成为沈阳黎明航空发动机集团公司的高级工程师；大女儿蔡威廉是20世纪国内重要的油画家，开拓了中国近代史上的女性艺术领域；小女儿蔡睟盎也毕业于交通大学物理系，曾是中国科学院上海分院高级工程师、全国人大代表、全国政协委员。

蔡元培一生清廉如水，没有购置房产，到了暮年还在租房子住。他质朴、不求奢华的品格陶冶了子女的情操，影响了子女的一生。他的子女个个成才，在各自的领域大放异彩。

博物馆里的珍贵记忆

蔡元培对联

上图的这副对联由蔡元培手书,现藏于中国国家博物馆。"得句旋题新竹上""寄书多向远山中"分别取自宋代和唐代的两位诗人的诗句,被蔡元培置于一联内却又对仗工整、意境相合，从中，我们可以读出一种推陈出新、兼收并蓄的意味。这正是蔡元培一生的志趣所在。

另外，这副对联在整体布局上虚实结合、疏密得当，通篇行文连贯顺畅，突破了清代科举制下书坛的刻板教条，以线条粗细的自然变化和用笔的提按顿挫体现了书法的美感，表现了蔡元培的书法功力。

蔡元培故居

在浙江省绍兴市越城区笔飞弄13号，有一座颇具特色的明清台门建筑，这就是蔡元培故居。

故居的主要建筑有门厅、大厅、座楼，一共三进。正

门有一副对联"学界泰斗,人世楷模",是毛泽东对蔡元培的评价。大厅内摆放着蔡元培的半身塑像,塑像的目光和蔼睿智,生动地再现了蔡元培慈祥长者的形象。塑像上方还悬挂着"学界泰斗"的匾额和周恩来撰、沈定庵书写的挽联,总结了蔡元培光辉的一生。

　　故居中的书房,是蔡元培家中重要的地方之一。数十年如一日坚持读书的蔡元培,总结读书有"四字诀"——"宏、

约、深、美";也有两"不得法",一是不能专心,二是不能勤笔。我们在瞻仰蔡元培故居时,不要忘了学习他的读书方法,学会精读、通读、深读,读书时应该全神贯注,养成记笔记的好习惯。

3

梁启超：
"饮冰"自解的大学者

梁启超是中国近代史上著名的思想家、政治家、历史学家、教育家、文学家和书法家。他是清末戊戌变法的领袖之一，在57年的人生中，他有30多年致力于政治活动。即便如此，他离开政治舞台后，在学术研究上仍取得了巨大成就，一生留下各种著述1400多万字，可以称得上是一位百科全书式的学者。

同时，梁启超也是一位忠诚的爱国者和伟大的父亲，他一生写了400多封家书，"国家""责任"是他经常提及的内容。在他的教育下，家中9个孩子都成为各行各业的佼佼者，有"一门三院士，九子皆才俊"的美誉。

真正的学问要能救国救民

1873年,梁启超出生在广东新会的一个耕读之家,他聪明好学,反应敏捷,两岁识字、四岁读书,被称为"神童"。他从小被祖父和父亲教育要熟读"四书五经",考取功名,同时也被祖父和父亲胸怀家国、和睦乡邻的品德所感染,心中慢慢产生了更远大的志向。

梁家居住的茶坑村,距离南宋王朝覆灭的崖山不远,而崖山也是梁家的祖坟所在地。每年清明节,祖父都会带领一家人从茶坑村坐船到崖山扫墓。经过宋元大战的古战场时,祖父就会给儿孙们讲南宋忠臣陆秀夫背着小皇帝跳海身亡的故事,直讲得老泪纵横。从那时起,忧国忧民的思想就在梁启超的心中生根发芽。

梁启超自此更加发奋读书,11岁就中了秀才,16岁时中了举人。

考中举人之后,梁启超继续在广州学海堂读书,准备参加会试。1890年春天,梁启超进京赶考,但没能考上。他并不十分在意会试失败,因为在这次外出游历的途中,他见识到了许多新事物、新学问,对时局也产生了新的看法。

在学海堂,梁启超与学习刻苦的陈千秋关系非常好。陈千秋是广东南海人,一天,陈千秋回到学堂,非常兴奋地对梁启超说:"梁兄,我的同乡康有为先生,在京城上书请求变法强国,引起巨大轰动。他最近刚回到广州,不如我们去拜访康先生吧!"

梁启超一直都是"两耳不闻窗外事,一心只读圣贤书",根本没听过康有为的事迹。但当他听说,康有为认为强敌环绕,如果不变法图强,数年之后泱泱中华恐怕国将不国时,心底产生了强烈共鸣。后来,在陈千秋引荐下,梁启超终于见到了对他人生产生重大影响的康有为。此时,梁启超是一个17岁的举人,康有为则是一个32岁的秀才。

"你们读的那些'四书五经',只是为了参加科举考试、求取功名,对富国强兵没有多大用处。""教育要塑造精神、开启智慧,科举考试只是死记硬背、禁锢思想,有百害而无一利。"康有为的真知灼见一针见血、鞭辟入里。梁启超仿佛醍醐灌顶,看到了通向新世界的大门。

梁启超和康有为一见如故,竟然从早上一直谈到晚上八点,政治经济、人文社会,无所不谈。告别康有为回到学堂,梁启超躺在床上辗转反侧,他想:相比八股文,康先生的学问才能真正救国救民,这不就是读书人"修身、齐家、治国、平天下"的追求吗?

回想起祖父和父亲对自己的人生教诲,又经过一段时间的深思熟虑,梁启超做出了一个惊人的决定。他毅然决定结束在学海堂的学业,放弃科举仕途,拜康有为为师,从此走上了一条坎坷曲折的救国之路。

一支笔强于十万兵

22岁时,梁启超参与了康有为领导的公车上书,希望清政府能够变法图强。25岁时,他领导了戊戌变法。此后十

几年中，无论办报讲学还是著书立说，他都冲在爱国救国的路上。

梁启超曾说："我的中心思想是什么？就是爱国。我的一贯主张是什么？就是救国。"1914年，他在天津的书斋修建完成，他把书斋命名为"饮冰室"。"饮冰"两个字出自《庄子》，表达了对国家内忧外患的焦虑。梁启超以"饮冰"命名书斋，正是因为他内心火热，一生都为国家而忧虑，需要"饮冰"来自我解压。

1915年，中华民国大总统袁世凯梦想坐上皇帝的宝座，就让他的法律顾问美国人古德诺写了《共和与君主论》一文，鼓吹只有恢复君主制，才能让中国实现和平。梁启超对袁世凯的野心痛心疾首，于是奋笔疾书，写下了《异哉所谓国体问题者》一文，痛斥袁世凯"无风鼓浪，兴妖作怪"，必将贻害国家和人民。

当时，梁启超在社会上具有极高的声望，他的言论对舆论影响很大。袁世凯听说梁启超写文章骂他，又气又怕，就派人暗中给梁启超送了20万大洋，请他手下留情，不要发表。但是，梁启超对这笔巨款瞧都不瞧一眼，严词拒绝了袁世凯的收买。

袁世凯见利诱不成,就使出龌龊的恐吓手段,派人给梁启超传话,说道:"梁先生,当年戊戌变法失败,你逃亡国外的滋味不好受吧?现在终于过上了安宁生活,可不要自讨苦吃。"

梁启超听了冷笑一声,从容说道:"我流亡国外的经验比较丰富,如果要再出国流亡一次,也没有什么大不了的。坚持共和、反对帝制,是正义的事情,我一定会坚持到底。"

袁世凯的威逼利诱没能让梁启超动摇,《异哉所谓国体问题者》一文还是发表在了北京的《京报》上,一时间人人争相传阅,全国其他报刊纷纷转载,反对袁世凯称帝的浪潮更加汹涌澎湃。

后来,梁启超还和蔡锷等人乘胜追击,共同筹划了反对袁世凯称帝的护国战争。最后,袁世凯称帝仅仅83天,就在全国人民强烈的声讨中黯然退场。有人说:"正是梁启超的一篇文章闹垮了洪宪王朝,一支笔强于十万兵。"

儿女们的知心好友

梁启超具有极高的学术造诣，他培养教育子女的成果更是让人羡慕不已，9个子女个个成就不凡。他们在诗词研究、建筑学、考古学、经济学、图书馆学、航天工程等学术领域都非常有成就，其中有三人成为院士。

1948年，中国最早的院士制度建立起来，当时共有81位学界翘楚被推选为院士，分为人文、数理和生物三组。梁启超的儿子——建筑学家梁思成和考古学家梁思永位列其中，兄弟二人同时当选院士也成为学界的一段佳话。

梁启超教育孩子有其独特的方法，他在孩子面前从来不摆大学者的架子，也从不表现长辈的威严，他更像孩子的知心朋友，用自己的一言一行去影响孩子的成长。他给每个孩子都取了昵称，比如大女儿梁思顺是"大宝贝""我最爱的孩子"，二女儿梁思庄是"小宝贝庄庄"，三女儿梁思懿是"司马懿"，小儿子梁思礼的昵称则是"老白鼻（baby）"……

尽显父爱。

近代中国内忧外患,梁启超的子女中有7人先后出国求学,但他们都放弃了国外的优厚待遇,抱着救国思想回国工作。在他们的专业选择上,梁启超并没有像当时很多家长那样包办或干涉,而是让孩子们走出了不一样的道路。

梁思永在美国哈佛大学学的是考古学和人类学。这在当时是极为冷门的专业,去西方留学的学生攻读这一专业的人很少,但是梁思永却很感兴趣。梁启超完全支持和尊重儿子的选择,积极鼓励他从事考古研究。而梁思永也没有辜负父亲的期望,回国后投身考古事业,成为我国现代考古学的开拓者之一。

生物学对于国家未来的发展非常重要,而中国的生物学人才非常缺乏,因此梁启超曾经希望女儿梁思庄以后能够学习生物。但是,梁思庄对生物学并没有多少兴趣。梁启超知道后,就诚恳地给她写信解释:"做学问最重要的是要有兴趣。你长期不在我身边,我也不了解你的学习兴趣。建议你学习生物学,未必符合你的想法。你应该根据你的兴趣自主选择学业方向,不要受父亲的影响。"信中处处可以看出他对女儿的关爱与信任。后来,梁思庄在美国哥伦比亚大学学习图书馆学,精通多门外语,成为我国著名的图书馆学家。

看到孩子们陆续选择了人文科学的专业,梁启超有些遗憾,他给孩子们写信说:"我想你们兄弟姐妹到今还没有一个学自然科学,很是我们家的憾事。"令人意外的是,他去世时才5岁的小儿子梁思礼后来实现了他的这个愿望。1949年,梁思礼获得了美国辛辛那提大学自动控制专业的博士学位。后来,他一心工业救国,在海上辗转40多天回到祖国的怀抱,成了火箭系统控制专家,当选中国科学院院士,也是新中国航天事业的开拓者和奠基人之一。

以爱沟通、以身作则、兴趣教育、平等相待,梁启超的育儿思想体现了一个父亲对儿女们深切的关爱,包含着他的人生智慧,同时也传递了他拳拳的报国热忱,成为优秀家风教育的典范。

博物馆里的珍贵记忆

《国风报》第一年第一期

图中是《国风报》第一年第一期的书影,现藏于天津梁启超纪念馆。

1910年1月,《国风报》在上海创刊,梁启超是主要编辑和撰稿人。除《国风报》外,他还主编过《中外纪闻》《清议报》《新民丛报》等10多种刊物,宣传救亡图存的思想。有人称他为我国"杂志界之元勋",他也成了当时闻名全国的改革宣传家,是当之无愧的"风云人物"。

梁启超手书"无负今日"

　　这幅图片展示的是梁启超手书的"无负今日"字幅,来自他写的家书,现藏于天津梁启超纪念馆。"无负今日"是梁启超自己恪守的原则,也是他对儿女们的要求。他的9个子女都是杰出的人才,其中院士就有3位。梁启超的教育观是通过知育、情育、意育,教人做到不惑、不忧、不惧,鼓励孩子们用意志战胜欲望,做一个顶天立地的人。他写给孩子们的家书集中反映了他的教育理念,他既是儿女的伟大父亲,也是他们的知心好友。

梁启超纪念馆

在天津市风景秀丽的海河边,河北区民族路上有一座梁启超纪念馆,这里是梁启超定居天津时的寓所和饮冰室书斋的旧址。

纪念馆分为书房、起居室、家族纪念室等12个展室,常设"梁启超与近代中国"展览,这里集中展示了公车上书、戊戌变法、护国战争、巴黎和会等历史事件中与梁启

超有关的图片、实物，让参观者能基本了解梁启超的家庭和9个子女成才的故事。其中有100多件家具都是按当年的陈设原汁原味复制，并根据梁启超后人反复回忆进行布置的，尽力还原了梁启超与家人在这里生活的点滴。

在纪念馆的饮冰室书斋中，梁启超完成了晚年的许多学术名著。胡适、严复、张伯苓、严范孙、梁漱溟等学界名人都曾经是这里的座上宾。走进室内，我们仿佛能听到梁家儿女们的欢笑嬉闹声，重温天津曾经最负盛名的文化沙龙的盛况。

梁启超故居纪念馆

　　位于广东省江门市新会区的这座古色古香的青砖土瓦平房，是梁启超故居纪念馆。它始建于清代光绪年间，是梁启超从出生到少年时期生活的地方，一直以来受到当地的悉心保护。纪念馆中以丰富的历史图片和《饮冰室合集》《欧游心影集》《时

务报》《清议报》《国风报》等珍贵典籍，再现了梁启超爱国图强、毕生奋斗的事迹。来到这里，也许你会对梁启超有更加全面和深入的认识。

4

秋瑾：
鉴湖女侠　英名千古

秋瑾是中国近代民主革命烈士,是中国近代妇女解放运动的先驱,也是一位才华横溢的诗人。为了推翻封建专制统治,建立民主共和国,也为赢得婚姻自由、男女平等的权利,她勇往直前,视死如归,献出了自己的生命,在中国近代民主革命史上留下了浓墨重彩的一笔。正如郭沫若所说:"秋瑾烈士是中华民族觉醒初期的一位前驱人物。她是一位先觉者,并把自己的生命奉献给了反封建主义和争取民族解放的崇高事业。她在生前和死后都起了很大的推动作用。"

自小立下报国志

秋瑾出生时并不叫秋瑾,而叫闺瑾,乳名玉姑。成年后她改名为瑾,字竞雄,自号"鉴湖女侠"。在秋瑾出生的年代,中国正步入半殖民地半封建社会,由于清政府的腐败卖国,亿万中国百姓陷入水深火热的痛苦深渊,民不聊生,国家日渐衰败。但秋瑾的祖父和父亲先后为官,她的童年得以在优裕的生活和欢乐的时光中度过。

秋瑾稍大一点儿就进入私塾,开始念的是《三字经》《百家姓》《神童诗》等,但她最爱读的却是诗词、明清小说和笔记传奇。秋瑾从小聪颖,过目不忘,令祖父和父亲惊喜不已。十来岁时,秋瑾已经读了"四书五经",还背诵了许多词曲诗文集,并学会了写诗填词。她从各种书本中获取词句和典章故事,充分发挥自己的想象力,把身边的花鸟虫鱼、自然现象以及各种情感写进自己的诗里,比如她写《秋海棠》:"栽植恩深雨露同,一丛浅淡一丛浓。平生不借春光力,几度开来斗晚风？"那泉涌的诗思、合理的诗章结构和精妙的遣词用句常常得到长辈的夸赞,父亲曾不止一次叹息:如果是个男孩,将来在科举中必有成就。

在看似优裕的生活中,秋瑾时常感到来自长辈、社会的不平等的眼光,常为男女间的不平等而愤慨,并写了不少感慨男女不平等的诗,如"今古争传女状头,红颜谁说不封侯"等。她对秦良玉、沈云英、梁红玉、花木兰等历史上或传说中的女杰推崇备至,对于那些记载剑侠事迹的史书和传奇作品更是爱不释手。她对文天祥、郑成功等民族英雄无比敬仰,对"风萧萧兮易水寒,壮士一去兮不复还"的荆轲和"壮志饥餐胡虏肉,笑谈渴饮匈奴血"的岳飞充满了痛惜与景仰之情。这些爱国志士的立身行事,给秋瑾以强烈的感染,极大地促进了她豪爽个性和爱国之心的形成。

不信"女子无才便是德"

秋瑾的家庭条件虽优越,但充满了封建气息。她的祖父、父亲都做过官,在对孩子的教育中时常夹杂着封建礼教的思想和做法。

有一天,秋瑾的表姐妹随大人来她家玩,交谈时,姐妹们都恨自己是女孩子,没地位,没自由,好像笼子里的小鸟。秋瑾愤愤地说:"女子的聪明才智不一定比男子差,只是因为女子没有机会读书,缺乏独立谋生的本领,依靠男人吃饭,才受欺侮。我们应该立志图强。"这话不知怎么传到了父亲耳朵里,他把秋瑾叫到面前问道:"《女诫》看了没有?记住了吗?""不但看了《女诫》,还看了《史记》《汉书》。"秋瑾从容回答。"嗯,看这么多书?'女子无才便是德'这句话你忘了吗?""可是写《女诫》编《汉书》的班昭就是女子呀!还有蔡文姬、谢道韫、李清照,都是才女。如果说'女子无才便是德',《汉书》就编不成了。"父亲没料到女儿如此理直气壮,正要发作时有客人来访,便急忙迎客去了。

秋瑾的少女时代主要在福建厦门、漳州等地度过,而作为通商口岸的厦门和作为海防重地的漳州,都是外国势力最先入侵的地方,当地人民所受的苦难和迫害格外深重。作为厦门一带的地方官,秋瑾的父亲常常接触到与传教士、外国商人有关的事件,甚至不得不和那些飞扬跋扈的侵略者打交道,遭受他们的凌辱。秋瑾眼见传教士态度恶劣,心中受到了极大的刺激。从她写的《宝剑歌》一诗中,我们可以感受到她心中的不平:"炎帝世系伤中绝,茫茫国恨何时雪?世无平权只强权,话到兴亡眦欲裂。千金市得宝剑来,公理不恃恃赤铁。死生一事付鸿毛,人生到此方英杰……"

心比男儿烈

秋瑾虽是女子,但自幼身带豪气,喜好习武。对于一个女孩子来说,习武非常不易,因为秋瑾和其他女子一样从小缠了足,这成了她终生痛恨又无奈的一件事。每次习武下来,裹脚布上渗满了鲜血,钻心地疼,但她想到花木兰替父从军的故事,便咬紧牙关坚持下来,从不喊疼叫苦。

刚刚学骑马的时候,秋瑾由于求胜心切,两腿一夹马肚子,那马向前猛一蹿,一不小心,秋瑾就从马背上摔了下来。虽然疼痛难忍,但倔强的秋瑾害怕家人不再让她骑马,就咬着牙关连声说"一点儿也不疼"。就这样,秋瑾每天闻鸡起舞,挥刀舞剑,骑马驰骋于山野之间。在后来的革命活动中,秋瑾练就的本领,还真派上了用场。

1896年,秋瑾21岁时,在封建家庭的促成下,嫁给湘潭王廷钧为妻。王廷钧是个不学无术、铜臭气十足的花花公子,与秋瑾在性格和志趣上毫无共同之处,因此他们婚后的家庭生活极不和谐。这种封建的包办婚姻,给秋瑾带来了诸多惆怅和痛苦。

后来,王廷钧花钱在北京捐了个户部主事的官,秋瑾也随其居住在北京。当时的北京刚刚经历八国联军的入侵,满目疮痍,特别是腐败的清政府为保住统治地位,签订了卖

国的《辛丑条约》。帝国主义的疯狂侵略、清政府的腐败和国破家亡的悲惨景况，极大地激发了秋瑾的爱国热情，使秋瑾决心投入挽救祖国危亡的斗争洪流中去。

在北京，秋瑾阅读了很多进步的报刊，如《苏报》《新民丛报》《新小说》等，报刊上连载的《近世第一女杰罗兰夫人传》《东欧女豪杰》等小说更是让她大大开阔了眼界，思想上产生了巨大的变化。她开始意识到男尊女卑的封建教条是束缚妇女的枷锁，产生了妇女要自立、自救的革命思想。她不但自己放弃缠足，而且还联系京城的一些妇女组织"天足会"等，动员更多的女子放弃缠足。

秋瑾在北京最惊世骇俗之举是"上戏园子"。当时的宅门女子都是在家中听堂会，不可以抛头露面去戏园子听戏，戏园子也不卖"坤客"的票。这年的中秋节，秋瑾身着男装坐着西式的四轮马车去听戏，成为轰动京城的大事件，开了上层社会女性进戏院的先河。

秋瑾性格如男儿般豪爽，也经常以"花木兰"自喻，她用一首《满江红》表达了自己的爱国之情与报国之志："小住京华，早又是中秋佳节。为篱下黄花开遍，秋容如拭。四面歌残终破楚,八年风味徒思浙。苦将侬强派作蛾眉,殊未屑!身不得,男儿列;心却比,男儿烈。算平生肝胆,因人常热。俗子胸襟谁识我?英雄末路当磨折。莽红尘何处觅知音?青衫湿!"

视死如归的"女侠"

秋瑾的思想越走向革命,她与顽固守旧的丈夫之间的矛盾也越大,裂痕终于到了无法弥合的地步。1904年7月,秋瑾冲破封建家庭的阻挠,毅然变卖了自己的首饰作为路费,东渡日本求学。在留学期间,她不惜重金买了一把宝刀,还学习了击剑、射击等。一次秋瑾拜访好友时,她纵情豪饮,写下了一首名篇《对酒》:"不惜千金买宝刀,貂裘换酒也堪豪。一腔热血勤珍重,洒去犹能化碧涛。"从诗中我们可以看出秋瑾是何等的豪爽:她不爱珠宝爱宝刀,誓要推翻清政府和数千年的封建统治,不愧为豪气冲天的"女侠"!

秋瑾初到东京,先在中国留学生会馆办的日语讲习所学习日语,继而进入青山实践女校学习。这时在东京的中国留学生已经相当活跃,秋瑾一边学习,一边积极参加留学生组织的各种爱国活动。每当她参加大的集会时,必登台演说,其言辞豪迈悲壮,动人心魄,常使与会者感动得流下热泪。秋瑾在从事爱国活动的过程中,结交了宋教仁、刘道一、冯自由等一批资产阶级革命派,并与陈撷芬一起重建了中国妇女的第一个革命团体"共爱会",她还创办《白话报》,鼓吹反清革命,主张男女平权,唤醒同胞。

1905年8月,孙中山组织中国同盟会,秋瑾入会,不久即被推举为同盟会评议部评议员和浙江省的主盟人。

同盟会成立后,留日学生的革命活动更加如火如荼地开展起来。为镇压学生革命,清政府勾结日本文部省,颁布了一项严禁中国留学生参加革命活动的《清国留学生取缔规则》。中国留学生纷纷罢课、集会,强烈要求日本政府取消这一规则,但日本政府却一意孤行。在这种情况下,有一部分留学生主张忍辱求学,秋瑾、陈天华等则力主全体罢学归国，两种意见争执不下。秋瑾决不受辱，于1906年春毅然返回祖国。

1907年1月，秋瑾在上海创办了《中国女报》。她在该报发刊词中号召女界要"生机活泼，精神奋飞"，"为醒狮之前驱，为文明之先导"。《中国女报》虽因资金困难，仅出版两期，但它在号召女性求自立，求解放，投入反清的革命斗争上起了积极的作用。

在办报的同时，秋瑾还积极筹划反清武装起义，她亲赴浙江诸暨、义乌、金华等地广泛联络会党，积蓄武装起义的力量。1907年7月6日，安庆起义失败，7月14日，清军数百人包围绍兴大通学堂。她临危不惧，一面焚毁名册，组织同志转移，一面率少数学生抵抗，不幸被捕。在公堂审讯时，秋瑾大义凛然，坚贞不屈，拒绝敌人一切发问。敌人又对她加以严刑拷问，秋瑾大声说道："革命党人不怕死，要杀便杀！"最后，敌人迫其在伪造的供词上签字，她只写下了"秋风秋雨愁煞人"七个字。7月15日凌晨，秋瑾英勇就义。

1912年，中华民国成立后，孙中山亲自批准将秋瑾烈士的遗体重新安葬在杭州西子湖畔，并亲书"巾帼英雄"匾额。

解放后,人民政府又在绍兴建立了秋瑾纪念馆,永远纪念这位烈士。

博物馆里的珍贵记忆

秋瑾(前排左三)与留日学生们的合影

1904年,秋瑾不顾丈夫反对,自费东渡日本留学,在东京中国留学生会馆所设的日语讲习所学习日语。留学期间,她经常参加留学生大会和浙江、湖南同乡会集会,登台发表革命救国和争取妇女解放的演说,广交留学生中的志士仁人,如鲁迅、陶成章、黄兴、宋教仁、陈天华等。终其一生,秋瑾都在为妇女解放运动而奋斗,在为革命建国而努力。

秋瑾(后排左二)与共爱会会员的合影

1904年,秋瑾在日本重建共爱会。共爱会是清末留日女学生组建的爱国组织,也是中国妇女的第一个革命团体,其宗旨是"拯救二万万之女子,复其固有之特权,使之各具国家之思想,以得自尽女国民之天职"。除共爱会之外,秋瑾也为一些其他的爱国团体积极奔走出力,成为中国近代女性革命的一面旗帜。

秋瑾故居

在浙江省绍兴市林木苍翠的塔山南麓,有一座看起来不起眼儿的平房,这里就是秋瑾的故居。大门上面悬挂的"秋瑾故居"匾额是另一位中国妇女运动的先驱何香凝所题。

故居一共五进,其中第二进就是秋瑾居住的地方,屋内有客堂、会客室、餐厅、卧室。秋瑾曾在这里习文练武,度过了一段无忧无虑的时光。从1906年秋瑾回乡到她牺牲前夕,这里一直是她从事革命活动的重要场所。第三、四进是秋瑾史迹陈列室。这里陈列着秋瑾牺牲后,人们对她的纪念,其中有周恩来、孙中山、宋庆龄、吴玉章、郭沫若等的题词。

5

陈寅恪：
教授之教授

陈寅恪是中国近现代史上集历史学家、古典文学研究家、语言学家、诗人于一身的伟大人物，被尊称为清华大学百年历史上的"四大哲人"之一、中国近现代史上的"前辈史学四大家"之一。

著名历史学家傅斯年曾经评价说："陈先生的学问，近三百年来一人而已。"陈寅恪在清华大学授课的时候，很多教授都慕名来听课，因此他还被称为"教授之教授"。

陈寅恪夫妇与三个女儿的合影

专心于学术的大学者

陈寅恪1890年出生于湖南长沙。祖父陈宝箴曾任湖南巡抚,并在湖南主持维新变法运动,在政坛和学界都享有很高的声望。父亲陈三立与谭嗣同齐名,是清末"维新四公子"之一。尽管陈寅恪从小就接受了扎实的国学教育,但父亲思想先进,没有让他参加科举考取功名,而是把他与兄长一同送往日本深造。

留学日本的经历,让从小熟读"四书五经"的陈寅恪接触了与中国传统文化完全不同的西方文化,这无疑为他后来学贯中西奠定了坚实的基础。1905年,陈寅恪因病归国,考入复旦公学(复旦大学前身),在这里,他熟练掌握了德语、法语,之后又前往欧洲学习,先后就读于德国柏林大学、瑞士苏黎世大学、法国巴黎高等政治学校,后又得以由公费资助赴美国哈佛大学留学。

1925年,陈寅恪学成回国了。清华大学国学研究院主任吴宓知道他是个难得的人才,就向校长曹云祥推荐他担任国学研究院导师。当时的清华大学国学研究院大师云集,陈寅恪虽然留学欧美、日本多年,但是他一没有取得博士学位,二没有出版著作或者发表论文,水平到底如何呢?曹云祥心中充满疑虑,就去征求同样在清华大学任教的梁启超的意见。

梁启超诚恳地回答道:"我算是著作等身了,但要是论学术价值,我所有的著作加起来还不如陈寅恪寥寥数百字。"

这番话打消了曹云祥的疑虑,他下定决心破格聘请陈寅恪到国学研究院任教。陈寅恪迅速显示出了他的学术功力,与梁启超、王国维一起,成为"清华三巨头"。

1929年,陈寅恪在纪念王国维的碑铭中,首先提出了"独立之精神,自由之思想",他自己更是身体力行,在学术问题上,并不因为自己是享誉海内外的大学者就端架子,而是时刻用这一理念勉励后辈。

抗日战争爆发后,陈寅恪和清华大学的师生一起开始南迁,辗转到达广西桂林。一天晚上,他在旅馆的登记簿上看到了专门研究太平天国史的历史学家罗尔纲的名字,马上改变了自己晚上的安排,改去见罗尔纲。

论学术界的"辈分",陈寅恪和罗尔纲的老师胡适是一代人,陈寅恪是前辈,罗尔纲是学界新秀,前辈去向晚辈请教,是不是"有失身份"呢?陈寅恪丝毫没有考虑这些。他见到罗尔纲,简单寒暄后就开门见山地说:"我看过你很多有关太平天国的考证文章,有些不是很明白,你能不能再解释一下?"罗尔纲就欣然讲起了他的见解,两位学者一直讨论到晚上11点。

临别时,当罗尔纲得知陈寅恪是取消了拜访朋友的安排,专门来找他讨论学术问题时,非常感动。他对陈寅恪说:"您是大学者,我是晚辈,您完全没有必要不见朋友,听我在这(儿)胡言乱语。"

陈寅恪摆摆手说道:"见朋友是天天都有机会的,叮是想要弄清楚一个学术问题就不是天天有机会了。"

默默帮助后辈的两封信

惜才爱才,帮助后辈从不张扬,是陈寅恪一贯的作风。

著名历史学家劳干与陈寅恪有多年的交情,1930年他从北京大学毕业后,进入中央研究院历史语言研究所工作,当时的所长是久负盛名的历史学家傅斯年。1949年,劳干随傅斯年等人去了台湾。傅斯年因病去世后,劳干参加了傅斯年遗稿的整理工作。

有一天,劳干在傅斯年留下的一本书中发现一封信,仔细一看,是陈寅恪写给傅斯年的,内容竟然是陈寅恪向傅斯年推荐劳干到历史语言研究所任职一事。

劳干看到这封信后,感动之情难以抑制。在此之前,他从来都不知道陈寅恪曾向傅斯年推荐自己这件事。陈寅恪和劳干相交多年,但陈寅恪从来没有向他提起过这件事。如果不是因为整理傅斯年的遗稿和物品,劳干永远也不会知道陈寅恪默默地帮助过自己。

陈寅恪这样默默助人的事情还有很多。

历史学家王永兴是陈寅恪的学生，1946年后曾在清华大学任讲师。1990年，清华大学举办纪念陈寅恪先生百年诞辰学术讨论会，要出版一套纪念文集，王永兴在查阅清华大学校史档案时，无意中发现了一封陈寅恪写于1947年的信件，收件人是当时的清华大学校长梅贻琦，而信件的内容竟然与自己有关——陈寅恪请梅校长为他解决住房问题。

陈寅恪以恳切的语气在信中写道："思维再三，非将（王永兴）房屋问题解决不可，否则弟于心亦深觉不安。"王永兴读完这封信后，如梦初醒，不禁悲从中来。他当时还以为住房是学校对自己的优待，万万没想到是老师陈寅恪帮他申请的。陈寅恪在1947年写下这封信，一直到他去世前的20多年里，从来没有讲起过这件事。而现在，王永兴想要当面和老师说一声谢谢已是不可能了。

后来，王永兴专门写了《种花留与后来人》一文，表达对陈寅恪先生深深的感激之情。

仰之弥高　钻之弥坚

陈寅恪一生严谨治学，广博而专精，在魏晋南北朝史、隋唐史、蒙古史、敦煌学、突厥学、藏学、佛教典藏、唐代和清代文学等领域研究颇深，难能可贵的是，他的语言天赋绝佳，还掌握了梵语、巴利语、波斯语、突厥语、西夏语、英语、法语、德语等多种外语。陈寅恪赢得了学界内外的普遍尊重和高度赞扬，在他去世以后，国内掀起了几十年的"陈寅恪研究热"。

他在清华大学任教时，总是用新的材料来印证已得的观点，或是在常见的史料中发现新的见解。所以同一门课程，即使听上好几次，学生们也会觉得津津有味，并有新的收获。有时他讲得入神，下课铃响了还在讲个不停，学生们也都不愿打断他，似乎跟他进入了同样的境界，沉醉其中。

上陈寅恪的课，语言文学修养稍浅和国学基础稍差的同学，就会很吃力。而且陈寅恪会不自觉地切换多种语言讲课,很多学生就会听得一头雾水。当然,只要陈寅恪在黑板上写一写,讲解一下,学生们听懂了,就会觉得如沐春风。

陈寅恪的学问之广博享誉海内外。据说,1933年,陈寅恪的学生蓝文徵到日本访学,在一次宴席中遇到了日本东洋史学泰斗、西域史和北方民族史的开拓者白鸟库吉。白鸟库吉得知他的老师是陈寅恪后,便与他攀谈起来。原来,白鸟库吉曾经在研究中亚历史时遇到一个难题,他向奥地利、德国相关领域学者求教,对方告诉他要弄清这个问题,只有向清华大学的陈寅恪请教。他感叹道:"要是没有陈寅恪先生的帮助,我可能至死都弄不明白那个问题。陈先生的学识和品格都令人钦佩。"

陈寅恪在学术上能获得如此高的赞誉,天赋固然是一方面原因,但更重要的是他的好学精神。陈寅恪一生无时无刻不在学习、思考,在晚年失明且腿部受伤的情况下,他仍然著书立说,奋斗不止,他的渊博知识都是在求学和工作中一点一滴积累、锤炼出来的。

博物馆里的珍贵记忆

陈寅恪在清华大学任教时穿的中式长袍

　　上图展示的是陈寅恪在清华大学任教时穿的中式长袍,现藏于中国国家博物馆。陈寅恪生长在传统的士大夫家庭,祖父陈宝箴曾出任湖南巡抚,父亲陈三立是著名诗人、清末"维新四公子"之一。

　　陈寅恪受到传统文化的深刻熏陶与影响,情趣、爱好、生活方式和思想感情都是中国式的,例如他始终穿着传统的中式长袍。1925年,陈寅恪被清华大学聘为教授,与王国维、梁启超和赵元任一起被称为清华大学四大国学大师。他出身名门,学识过人,被称作"教授之教授"。

中山大学陈寅恪故居

在广东省广州市海珠区,珠江边上风景秀丽的中山大学南校园里,有一座红色的两层小洋楼,这里是陈寅恪在20世纪50年代以后的居所,里面陈列着他居住时的摆设以及他使用过的书籍。

1949年1月,陈寅恪到广州,在岭南大学任教。新中国成立后,岭南大学并入中山大学。陈寅恪就一直居住在这座小楼的二楼,并在此完成了《论再生缘》《柳如是别传》等著作。

故居门前有一条白色的小路。陈寅恪晚年双目失明,学校就为他铺设了这条路,还在故居旁的路边加上木栅栏,让他能行走得更安全。这是大师走过的路,也是一条尊师重道之路,迈步于上,让人不禁肃然起敬。

九江庐山植物园陈寅恪墓址

下页图中的这几块堆在一起的巨石,其实是陈寅恪与唐筼(yún)夫妇在江西庐山植物园的墓址,立碑者是陈寅恪的三个女儿和庐山植物园。绿色的字

是著名书画家黄永玉先生题写的"独立之精神,自由之思想",这两句话是陈寅恪为国学大师王国维写的纪念碑铭,也是陈寅恪教育培养人才遵循的原则,是值得我们一生追求的精神理念。为了纪念陈寅恪,这处墓址所在的小山冈被命名为"景寅山"。

6

叶圣陶：
让孩子自由成长

扫码听书
"声"临其境

在中国近现代杰出人物中，"叶圣陶"是一个熠熠生辉的名字。

1894年10月28日，叶圣陶出生于苏州，取名叶绍钧，字秉臣，后改字圣陶。他是著名的文学家、教育家、出版家和社会活动家，一生创作广泛，涉及小说、诗词、戏剧、童话、散文、评论等各个领域。

20世纪20年代，叶圣陶参与发起了文学研究会，在文学史上有着举足轻重的地位，被誉为"当代语言大师之一"。他还是中国现代童话创作的拓荒者和奠基人，1923年出版了我国第一部童话集《稻草人》。他先后主编或编辑过《小说月报》《中学生》《中国作家》等多种文学、语文教育刊物，被认为是我国出版史上的旗帜人物。此外，叶圣陶还致力于语文教育研究，不断开拓创新，形成了全面的教育理论，编辑过几十种中小学语文教科书，是我国现代语文教育的一代宗师。

我热爱这个世界

叶圣陶的一生，与"未厌"这个词有着难解的缘分。他有一本小说集叫《未厌集》，多次搬家后都把自己的住所称为"未厌居"，他还有一本散文集叫《未厌居习作》。

那么，叶圣陶为什么如此频繁地使用"未厌"这两个字呢？背后还有一个故事。

1928 年，有位年轻的文艺理论家把叶圣陶描述成悲观的"厌世家"。叶圣陶自己却很不以为然，但是该怎样让别人明白自己的人生态度呢？恰巧不久之后叶圣陶就有一本短篇小说集要出版，于是叶圣陶就把它命名为《未厌集》，并在题记里进行了解释：

"厌，厌憎也。有人说我是厌世家，自家检查以后，似乎尚未……这个世如何能厌？"

是呀，叶圣陶怎么会厌憎这个世界呢？

他有挚爱的妻子、可爱的孩子和志趣相投的好友，有值

得为之奋斗的事业,他热爱这个世界还来不及,怎么会是一个"厌世家"呢?

他只是因为个性温良敦厚、平和恬淡,对待这个世界没有那么激进罢了。即使一生经历了许多因战争或政治变动带来的苦难,他的内心依旧对这个世界充满热爱。

在《未厌集》的题记里,叶圣陶还写到了"未厌"的另一层含义:"厌,厌足也……自家一篇一篇地作,作罢重复看过,往往不像个样儿。因此未能厌足。"

厌足就是满足,未厌也就是不满足。

正是因为叶圣陶对这个世界充满热爱,总想把最好的一面呈现出来,所以他对自己的作品向来都是精益求精,往往到了出版前最后一刻还在字斟句酌。在他看来,人不能满足于现状,必须要永远追求进步。因此,他无论是创作、编辑,还是做语文教育研究,都从不自满,总能不断攀登新的高峰,抵达新的境界。

叶圣陶不但自己"未厌",也常用"未厌"精神教育子女。1943年,他的三个孩子出版了散文集《花萼》。这是他们在读书期间的文学习作,在父亲的指导修改之后结集出版。三个孩子原本打算继续写一些好文章,争取以后每年出一本合集,叶圣陶对他们的想法非常支持。

没想到,三个孩子的文章越写越少,即便写出来了一些,他们自己重新读的时候也都不满意。因此,一年出一本合集的愿望便难以实现了。

叶圣陶知道这不是孩子们想要的结果,就没有批评他们,而是语重心长地说:"想写得好些,正是你们进步的动力,时常不满意自己所写的,也证明你们确实有些进步了。在写作上要'未能厌足',继续前进。"

有了父亲的鼓励,孩子们的信心和劲头一下子被激发出来了,他们一有灵感就奋笔疾书,不厌其烦地拿着稿子请父亲指导。努力终于换来回报,时隔两年后,三个孩子终于又推出了新的散文集《三叶》。

越是自由越要自觉

真、善、美是叶圣陶一生的追求,也是他对子女成长的美好期望。因此,他给子女三人分别取名为至善、至美、至诚,希望他们能够在道德上追求真善美,形成健全的人格。

正因为如此,叶圣陶并不是特别在意孩子们的学习成绩,却非常关注他们的兴趣爱好,在外人看来,他对孩子们是过分宠爱了。

比如,他总是放手让叶至善拆装各种小玩具,甚至连家里的钟表也可以拆。知道叶至善喜欢天文和生物,就买了天文望远镜和生物显微镜送给他。

再比如,他会心血来潮亲自给女儿叶至美做大衣。他用报纸折出衣服样子,用别针固定住,包裹在叶至美身上,认认真真一遍又一遍地量尺寸,折腾了好几次才勉强裁出一件"不太合身"的大衣来。后来,叶至美把这件事写在文章《一件大衣》里,说父亲看着他自己做的大衣,满眼失落,

"沮丧得不得了"。

与大多数父母不同的是,叶圣陶并不强迫孩子学习。作为父亲,他只坚持一条,就是尊重儿女们自己的选择,同时引导他们向真向善,培养他们良好的习惯,让他们能够不断地自我成长。

小儿子叶至诚从小就热爱读书写作,文字功夫也不错。于是,叶圣陶尊重他的意愿,在叶至诚读完高中后,就把他送到上海的出版机构——开明书店里当学徒,让他在实践中摸索学习。后来叶至诚凭着自己的兴趣参加了革命,进了文工团,当过编剧、作家、编辑,还加入了中国作家协会,获得了不少奖项。

不过,叶圣陶对孩子们的教育看似漫不经心、放任自流,在有些事情上,却要求得很严格。

有一次,他让叶至诚拿一支笔。叶至诚想也没想,就把笔头冲着他递了过去。

叶圣陶皱了皱眉头,开口道:"递东西,得想着人家方不方便接手。你把笔头递过去,人家还要把它倒转过来;要是没有笔帽,还要弄人家一手墨水。刀子和剪子这些东西更是这样,绝不能拿刀口刀尖对着人家,把人家的手戳破了怎么办?"

这番话叶至诚记了一辈子,从此以后无论做什么事情,他总是先想着如何能方便别人,再去做。

叶圣陶对孩子的这种教育,也潜移默化地传承给了他的孙辈。

叶圣陶的孙女、叶至善的女儿叶小沫回忆,自己读书时,父亲叶至善从不给她开列什么必读书单,也不要求她一定要考上重点学校,反而总是密切关注她的兴趣爱好和特长,尊重她自己的选择。叶小沫知道父亲受到的就是这样的教育,她非常明白:越是自由、宽松和信任的环境,就越是要有自觉、自律和自学的精神。这样宽松的环境,反倒培养了叶小沫执着钻研的精神,后来她成了一名出色的报刊编辑。

还有一些日常小事,叶小沫也记忆深刻。她回忆说,爷爷遵守时间的习惯一直影响着她的父亲。在父亲晚年时,叶小沫常常陪他去开会、见客人。和爷爷一样,父亲开会也从不迟到,约好几点见客人,就一定会早早坐在那里等候。

这个好习惯也传给了叶小沫。在她看来，遵守时间是一件再自然不过的事。

生活在叶家是幸运的，叶圣陶所营造的自由、宽松、和谐的家庭氛围培育出了优秀的子女。在叶圣陶的教育熏陶下，他的子孙始终向着至善、至美、至诚的人生境界而努力，自律、自觉、自省，并将这种家风一代代传承下去。

编辑出版世家的秘密

叶圣陶一生有许多头衔，但如果要问他的职业，用他自己的话来说"第一是编辑"。

的确是这样，叶家可称得上是"编辑出版世家"。叶圣陶自己在这个行业干了70多年，他的妻子曾在开明书店、人民出版社工作多年。他的长子叶至善是中国少年儿童出版社第一任社长兼总编辑，女儿叶至美曾在中国国际广播

电台工作,做过外文编辑,次子叶至诚曾担任大型文学刊物《雨花》的主编。孙辈中叶三午、叶小沫、叶兆言等也在文学创作及出版领域大放异彩。

按照常人的理解,叶圣陶一定教给了子孙很多写作和编辑的技巧、方法,所以家学传承不足为奇。然而事实并非如此。叶圣陶最多会要求儿女们每天读一些书、写一点儿东西,至于读什么、写什么,全由他们自己决定,只是要将读了什么书、读懂了什么告诉他,而写的东西,则大家一起品读。

20世纪40年代,喜爱写作的叶至善、叶至美、叶至诚兄妹三人,就时常和父亲一起围桌改稿。

这样的场景,常常是在晚饭后。收拾过碗筷,大家把油灯往桌子中央一移,叶圣陶便戴上他的那副老花镜,坐下来与孩子们一起改文章。这时候,三个孩子就会各自占据桌子的一边,眼睛盯住他手里的笔尖。

叶圣陶先不说应该怎么改,而是启发孩子们一起来讨论。他会一边看孩子们的习作一边问:"这儿多了些什么?这儿少了些什么?能不能换一个比较恰当的词语?把词语调动一下,把句式改变一下,是不是好些?"

遇到孩子们看不明白的地方,叶圣陶还要问:"你原本是怎么想的?究竟想清楚了没有?为什么表达不出来?怎样才能把要说的意思说明白?"

叶圣陶问完了,孩子们就会你一句,我一句,互相挑错,还会提出好几种不同的改法,然后再仔细进行比对,挑出最好的修改方案。有时候,文章中还会出现一些可笑的错误,叶圣陶一指出来,孩子们就尽情地笑起来。这样商量着改完一段,叶圣陶就朗读一遍,看看是不是通顺。

孩子们的原稿好像从野外采回来的"野花",插在瓶子里蓬蓬松松的一大把,经过叶圣陶的梳理修剪,"野花"才绽放出它们优美的姿态。

于是,兄妹三人更加喜欢跟父亲学写作了,仿佛这是一场竞赛,每个人都暗自憋着劲儿要超过其他人,多得到父亲的圈点批改。

有时候,孩子们的文章要改的地方太多,黑乎乎一片都看不清了。叶圣陶就会指着稿子语重心长地教导他们:"无论做什么,都要先为他人着想。写文章要为读者着想,句子要通顺,意思要明白;抄稿子时,一定要为排字工人着想,字要写得清楚,不要叫别人去猜;稿子发表了,编辑就要为作者着想,尽快寄样书样报,尽快寄稿费……"

通过这些看似不起眼儿的小事,孩子们渐渐锻炼了自己的文笔,熟悉了从写作到编辑再到出版的流程,也养成了做事为别人着想的习惯。叶圣陶的高明之处就在于顺其自然、因势利导、寓教于乐,真正启发、培养孩子们的写作兴趣和自觉性。也许,这就是叶家成为"编辑出版世家"的秘密。

1947年,叶圣陶写过一篇《值得干下去的事业》,表达了自己对书业的热爱:"这一行是值得永远干下去的","我们已经到了乐意干,非干不可的地步,这是我们最可以自慰的"。他是这么说的,也是这么做的,真正做到了在这个职业上兢兢业业干到生命的最后一刻,也影响和成就了儿孙们在这个事业上做出各自的贡献,留下了一段段佳话。

博物馆里的珍贵记忆

生生农场

这个绿意盎然的小园子名叫生生农场,位于江苏省苏州市吴中区甪直镇,这里原来是叶圣陶曾任教的"吴县县立第五高等小学"旧址。"生生农场",寓意先生和学生"生生不息"。叶圣陶认识到孩子是国家的未来,他想要用教育来改造这个国家。"生生农场"就是他的教育改革试验田。

叶圣陶身体力行,与学生一起开垦荒地,共同耕

耘,分享收获,让孩子们在劳作中更广泛地接触社会。在这里,他们种下的是普通的瓜果蔬菜,收获的却是教育创新的先进经验。正是在这样一次又一次的教育改革试验中,叶圣陶形成、完善了自己一生倡导、呼吁的"注重实践"的教育思想。他不仅将这种思想贯彻在日常教学当中,也运用于对自家儿女的培养教育当中。

叶圣陶纪念馆

在江苏省苏州市吴中区甪直镇,有一座叶圣陶纪念馆,是叶圣陶当年任教的吴县县立第五高等小学的旧址。院落中的几幢建筑,都是经过整修后的校舍。纪念馆后是一个花园,花园里有叶圣陶的墓地。

纪念馆内的展览通过实物、照片及文字资料,分八个部分展示了叶圣陶的生平事迹。漫步馆内,你会看到叶圣陶1907年在长元吴公立高等小学读书时与老师、同学的合影照片，1921年与沈雁冰、郑振铎创办文学研究会时的照片，20世纪30年代与开明书店的编辑、作者的合影等。2019年，叶圣陶纪念馆被列为江苏省文物保护单位。

叶圣陶故居

在北京市东城区幽静的东四八条胡同里，有一座精致的三进四合院，这里是叶圣陶晚年和家人的居所。小院坐北朝南，青砖黑瓦，有石雕门楼、抄手游廊，廊墙上嵌有什锦窗。院内有两棵海棠树、一棵白丁香与一棵黑枣树，洋溢着勃勃生机。

这里见证了叶圣陶晚年的工作——《标点符号用法》的起草、《汉语》《文学》等教材的诞生。也是在这里,叶圣陶把国文课改为语文课,审读了1954年《中华人民共和国宪法》中的一字一句,甚至每一个标点符号。他的生活总是辛苦忙碌,却也丰富多彩。

7

林巧稚：
把自己嫁给医学的"万婴之母"

她终身没有婚育,却亲手迎接了5万多个新生命,被称为"万婴之母"。她以一己之力,将中国婴儿的死亡率、产妇的死亡率大大降低,挽救了无数生命。2009年,她入选"100位新中国成立以来感动中国人物"。

她,就是林巧稚,北京协和医院第一位中国籍妇产科主任,中国现代妇产科学的主要开拓者和奠基人之一。

林巧稚不仅医术高明,她的医德、医风更是有口皆碑。她有着丰富的临床经验和深刻敏锐的观察力,在妇产科疾病的诊断和处理上有高超的本领和独到的见解。在生活和事业两者不可兼得的情况下,她选择了事业,成了"一辈子的值班医生"。

追逐梦想　助人为乐

1901年12月,林巧稚出生于福建厦门鼓浪屿的一个教师家庭。她的父亲是新加坡一所大学的毕业生,从事教学和翻译工作。他思想开明,对待子女一视同仁,希望他们都能成才。

林巧稚5岁那年,母亲因为患了妇科癌症,在痛苦和依依不舍中离开了人世。林巧稚抹去眼角的泪水,心里萌生了一个想法:要是我能治病,也许妈妈就不会死了。

父亲在林巧稚很小的时候,就教她学习英语,为她后来上新式学堂打下了良好的基础。从小学起便一直成绩优异、名列前茅的林巧稚,后来考入了厦门女子师范学校,毕业后留校任教。

然而,在她的心中,总有一个学医的梦想不曾远去。机会,很快就来了。

1921年,北京协和医学院落成,当年在全国只招收25

人,但是,一旦拿到这所学校的毕业证,就等于拿到了在全世界行医的执照。林巧稚听到消息,有些跃跃欲试。

然而,对于20岁的林巧稚来说,还有很多现实问题不得不考虑。父亲已经快60岁了,家里还有好几个弟弟妹妹要抚养。如果她考上了,8年的学费对林家来说可是一笔不小的开支。是去追求自己从小的梦想,还是留在老家平平淡淡地过一生?她陷入了纠结之中。

这个时候,父亲的一番话给了她追逐梦想的勇气:"不为良相,便为良医。你好好复习参加考试吧。学费我来想办法。"这位开明的父亲额头上已显出皱纹,头发也有些花白,但他是真的为有志气的女儿感到自豪。

当年7月,林巧稚信心满满地到上海参加北京协和医学院的招生考试。没想到,她却在最擅长的英语科目上出了岔子。原来,临近考试结束,一位女同学中暑晕了过去。监考老师是男的,不方便施救。林巧稚放下试卷就跑了过去。她先请大家散开,为女同学留出呼吸空间,又解开了她衣领上的扣子,给她喂了水和人丹,还小心地在旁边扇风。直到那位同学醒来,林巧稚才回到自己的座位上,但这时,考试已经结束了,她没来得及做完最后一道题。

当年报考的有500人之多,少做一道大题,就意味着要落后别人一大截。林巧稚灰心丧气地回到鼓浪屿,把经过如实告诉了家人。

然而父亲并未责怪女儿,而是语重心长地对她说:"但去助人,莫问结果。"

其实,监考老师全程都在观察着她的一举一动。考试结束后,他就专门写了一封信附在林巧稚的试卷后面,赞叹她乐于助人、处理问题沉着冷静的好品质,这不正是做医生不可或缺的好品行吗?因此,校方看到这封信后,赶紧调阅了林巧稚前几科的成绩,发现这个女生其他各科成绩并不低,前面做完的英语题也完成得非常出色,再加上她沉着冷静、热心救人的表现,学校决定破格录取她入学。

就这样,林巧稚如愿以偿进入了这座令全国医学生向往的学术殿堂。

北京协和医学院的教学非常严格,考试75分才算及格,一门主课不及格要留级,两门不及格就要除名,绝无商量的余地。8年间,林巧稚为了梦想努力学习,所以成绩一路领先。到 1929 年 6 月毕业时，当初入学的 25 人，只剩下了 16 人，而林巧稚依然高居榜首，并获得了博士学位。

为了挽救更多的女性

林巧稚毕业后留在了北京协和医院，被聘为妇产科医生。在当时的中国，妇科病占了妇女发病率的 2/3，产妇的死亡率高达 1.76%，新生儿的死亡率更高。选择妇产科医生作为自己一生的职业，是因为林巧稚依然记得自己儿时的伤痛与梦想，她希望自己能挽救更多的女性，迎接更多新生命的降生。

一开始，林巧稚只是妇产科的助理医生，而她的第一次手术就非同寻常。

那是一个平安夜，医院里来了一个流血不止的病人。经过诊断，病人是宫外孕。这是一种十分凶险的情况，轻则引起患者出血,重则会导致休克,危及患者生命。当时情况紧急,患者必须马上手术。

可不巧的是,其他能做手术的医生都有事外出了,林巧稚还仅仅是助理医生,并没有资格主刀做手术。她只能赶快打电话向妇产科主任请示。但是路上风大雪大,主任无法及时赶回来。他给了林巧稚两个建议:"要么你来处理,要么就让病人转院。"林巧稚进退两难:如果自己来做,手术失败了怎么办?如果让病人转院,耽误了救治时间怎么办?

经过慎重考虑,林巧稚下定了决心,果断通知手术室准备手术。

这是林巧稚第一次主刀手术,也是她医生生涯中的第一次大手术。走入手术室的一瞬间,她平静了下来:以往那么多年的学习和练习,每一个步骤不都在自己的脑海中吗?她冷静而精准地划下了手术刀,稳稳地按照步骤操作,就这样忙活了大半夜,终于把病人从死亡线上拉了回来。

有了这一次经历,林巧稚的信心更足了,医术也越来越精湛,无论碰上多么"难缠"的病症,她都敢于迎难而上。

有一位病人，结婚6年终于有了自己的孩子，但在孕检时却被发现子宫有肿物，这时最好的治疗方法是切除子宫，以免肿物变成肿瘤引发癌症。但是切除子宫，就意味着这位病人再也不能做母亲了。

林巧稚不忍心，为了病人和胎儿，她决定冒一次险。经过仔细检查和专家会诊，她推断这很有可能是妊娠反应，于是大胆地做出了一个决定——暂时不切除子宫。这之后的四个月里，林巧稚每周都为病人做一次仔细的检查，随着预产期越来越近，她惊喜地发现肿物并没有病变，她确认，病人所患的是一种可以随着怀孕过程自动消失的蜕膜瘤，并不是恶性肿瘤。最终，病人如愿生下了一个6斤重的小女孩，并为这个孩子起名叫"念林"。

后来，又有很多新生儿被起名为"念林""爱林""敬林""仰林"……这些名字，饱含了一个个家庭对林巧稚深深的感激之情。

病人高于一切

1949年,北平解放前夕,国民党高级将领傅作义的夫人给林巧稚送来一张机票,这张机票,可以让林巧稚离开被大军围城的北平。傅夫人说:"这可是多少人用金条都换不来的。"但林巧稚却婉言谢绝了傅夫人的好意,她不能离开医院,她要在医院守着那些产妇。

等到北平和平解放,新中国即将成立时,一封开国大典的请柬,出现在了林巧稚的办公桌上。拿到这封请柬,去见证这样一个伟大的时刻,这是多大的荣誉呀!而且从协和医院到天安门只有2.5公里的距离,即使是走路过去也并不远。

林巧稚却说:"我一个医生,去了能干什么呢?那些产妇更需要我,我需要守护在她们身旁。"她放弃了这个在别人眼里求之不得的机会,开国大典当天,她依旧在妇产科忙碌着,习惯性地走在安静的产房,继续照顾产妇的工作。

朱德夫人康克清在一篇回忆林巧稚的文章中曾经这样写道:"林巧稚看病最大的特点,就是不论病人是高级干部还是贫苦农民,她都同样认真,同样负责。她是看病,不是看人。"

有一天,护士领进来两位穿着灰布列宁装的中年女人,她们挂了林巧稚的专家号。可是林巧稚一坐下来就对她们说:"以后别挂专家号了,这要多花许多钱。我也看普通门诊,都是一样的,只不过多等一会儿。"中年女人很客气地点头应道:"好的。"随后,林巧稚开始认真地问诊,仔细地给对方做检查。这位病人已经无法再有自己的孩子,但林巧稚希望自己能够解除她的病痛,让她的身体变得更好一些。

送走病人后,护士问林巧稚:"您知道刚才的病人是谁吗?"林巧稚不在意地摇了摇头。

"她是周总理的夫人!"护士告诉她。

"是吗?总理夫人?!"林巧稚赶紧去看病历,上面果真写着一个名字——邓颖超。

从一件件小事上我们可以看出,无论时代如何变化,林巧稚一直都怀有医生的责任感,病人在她心里就只是病人,没有别的身份。病人永远高于一切。

1958年,医院简化了很多程序,某位院领导提出,手术前的洗手方法也要改进。他说:"洗个手洗那么久、那么多遍,慢吞吞的,还怎么'大跃进'呢?"

手术前的洗手方法是一百多年来医学界通过无数次试验总结出来的。有人做过尝试,少洗一次或少洗几分钟,手上的细菌就要多出许多,这无形中增加了手术感染的概率。洗手图简单,病人就要担风险,但大家都不敢提意见,生怕被批评。只有林巧稚毅然站了出来,她找到医院领导问:"如果是给你做手术,你要我们洗三遍手还是洗一遍?一次洗五分钟,还是洗三分钟?"领导一看林巧稚强硬的架势就头疼,但是面对她的坚持和认真,最后只能无言以对。

第一张药方是关爱

林巧稚对病人无微不至的关怀是出了名的。每一个见过她工作的人,每一个经过她诊治的人,都能深切地体会到这种发自内心的关爱。她看病人,从不问贫富。相反,她总是力所能及地帮助那些贫苦患者。

有一次,天色已经很晚,一个人力车夫找上门来求林巧稚给他的妻子接生。她随车夫钻进漆黑的胡同,在低矮的房子里看见了正痛苦呻吟的孕妇。孕妇因胎位不正而难产,母子的生命危在旦夕。

林巧稚一边轻声安慰,一边紧急处理。孩子终于在黎明时分顺利生了下来。车夫摸摸口袋,没有一分钱可以给林巧稚。想不到林巧稚摆了摆手,竟然从身上掏出50元递给车夫,让他买点儿营养品给妻子补补身子,然后悄然离去。

像这样的事,林巧稚一生中不知做过多少次。

在北京协和医院里,一直流传着这样一个故事:

一次考试中,林巧稚要求每个学生完成10例产妇分娩过程的观察,并用英文写出完整的报告,以此来评定他们的临床能力。大家丝毫不敢松懈,都仔仔细细地观察病人,认真思索后写下了自己认为满意的病历。

然而,结果出乎大家的意料,除一份病历被评为"优"之外,其他均为"不及格"。学生们不理解,硬着头皮向林巧稚请教。

林巧稚严肃地说:"你们的记录没有错误,但是不完整,漏掉了非常重要的东西。"

"漏掉了重要东西?那到底是什么呢?"学生们又仔细地查看自己写的病历,感觉记录得已经挺全面了,实在想不出漏掉了什么,于是纷纷去看那份优秀病历,结果发现,各项记录都没有大的区别,只是优秀病历上多了这么一句话:"产妇的额头上有豆大的汗珠儿……"

"你们不要以为这句话无关紧要,"林巧稚语重心长地说,"在产妇生产过程中,常常会发生各种预料不到的变化。只有注意到了这些细节,才是懂得了怎样观察产妇。"她进

一步告诉学生们,所有的检查、治疗都不过是方法和过程,指向的目的只有一个,那就是对病人的关爱和呵护。

林巧稚常说:"医生给病人开的第一张处方,应是关爱。"她为妇科、产科做的所有事情,都是因为她心里有产妇和她们的孩子。孕妇在进行检查时紧张,林巧稚会轻声安抚。出现阵痛的产妇,饭碗里有鱼,她也会提醒护士长:"你怎么可以让她吃鱼?她疼成那个样子了,哪里顾得上挑刺?"在孕妇临产的时候,林巧稚总是握着她们的手,帮她们擦去脸上的汗珠儿。她给予了每一个孕产妇能令她们安心的力量。

做一辈子值班医生

林巧稚刚毕业时,医院对女性员工比较苛刻,聘书中规定:"……聘任期间凡结婚、怀孕、生育者,自动解除聘约。"

虽然这条不近人情的规定很快就被废除了,但林巧稚已经彻底投身到工作中,络绎不绝的病人和各种各样的病症成了她生活的全部。一年又一年,林巧稚再也离不开产房,再也离不开她挂念的病人。因此直到晚年,她都未曾婚嫁。

林巧稚把所有时间都给了病人,甚至回到家中,电话也一直放在床头。医院有危重的病人,她就整夜地守着电话等消息。她曾说:"我唯一的伴侣就是床头那部电话,我随时随地都是值班医生。"

每年到了自己的生日,林巧稚总会坚守在产房一线,她说:"到产房过生日更有意义。我为难产的孕妇接生,当小宝宝在我生日的时候降临人世,那哇哇啼哭声是最动听的生命赞歌,对我来说,那是最好不过的生日礼物。"

到了年逾古稀的时候,林巧稚开始忘事,经常忘记自己说过的话、安排过的事情,但只要涉及病人,却又记得比谁都清楚。一次,一位病人家属推开了妇产科办公室的门,问道:"我想找个人,前天住进来的,不知在哪个病房?"有人回答说:"这里不是病房,你去护士站打听。"那人刚要走,林巧稚叫住他："请你等一等。"她打听了一下病人的年龄和病症，立刻告诉他要找的人在某某病房的某某床，丝毫不差。

1980年，林巧稚因患脑血栓入院治疗。虽然自己已经是病人了，她却仍不忘叮嘱值班医生和护士，只要自己的病人出现问题，即使是半夜也要马上通知她。缠绵病榻的三年中，林巧稚仍坚持参与医学著作《妇科肿瘤》的编写。50余万字的著作，浓缩了林巧稚毕生对妇科肿瘤的探索和研究，记载了她为医学事业所尽的最后一份力。

她在遗嘱中申明，要将生平的积蓄3万元捐献给培育幼儿的事业和妇产科研究，把遗体献给医院做医学研究。

1983年4月22日，林巧稚逝世。弥留之际，她仿佛又回到了紧张的手术台前，她喊道："快拿来！产钳，产钳……"护士拿来一个东西塞在她手里，几分钟后，她的脸上露出了平静安详的微笑。"又是一个胖娃娃，一晚上接生了3个，真好！"这是林巧稚留下的最后的话。

林巧稚的朋友、作家冰心在《悼念林巧稚大夫》一文中这样写道："她是一团火焰，一块磁石。她的'为人民服务'的一生，是极其丰满充实地度过的。她从来不想到自己，她把自己所有的技术和感情,都贡献倾注给了她周围一切的人……我们都是'生于忧患'的人……我们这一代人在这个时期离开人世,可算是'死于安乐'了。"

博物馆里的珍贵记忆

林巧稚使用过的床头电话

这部看上去很普通的电话现在收藏于福建厦门鼓浪屿林巧稚纪念园——"毓园"。在林巧稚家,电话是一直要放在床头的,每当医院有危重的病人,她就会整夜地守在电话旁等消息。

> 她曾说:"我的唯一伴侣就是床头那部电话,我随时随地都是值班医生。"这话听起来既浪漫又感人。永远奔波在医疗一线的林巧稚,把她毕生的精力都无私地献给了为人民服务的事业。

毓园

林巧稚逝世后,福建省厦门市人民政府于1984年5月在鼓浪屿建造了一座名为"毓园"的林巧稚纪念园。这里风景优美、气候宜人,你可以伴随着一路美景走到鼓浪

屿东南部的复兴路，找到这座隐于花草间的小园。"毓园"中的"毓"为培育、养育之意，这是对林巧稚一生培养和造就了大批医学人才、亲自接生了5万多名婴儿的最好纪念。

走进园中，两株南洋杉静静地伫立着，守望这一片医学的净土。这是由邓颖超亲手种植的，象征着林巧稚高洁的品格。林巧稚大夫的汉白玉雕像巍然屹立，让人心生敬意。

园中石碑上镌刻着林巧稚的墓志铭：只要我一息尚存，

我存在的场所便是病房，存在的价值便是医治病人。这句话是"万婴之母"林巧稚一生的信念，她把自己的一切都献给了自己热爱的医学事业。

走进园中的林巧稚纪念馆，我们可以看到林巧稚生前使用过的部分物品，她的著作和各种证书，还有百余张她的

社会活动和工作、生活的照片,以及外国友人赠送的纪念品,党和国家领导人纪念林巧稚大夫的题字和其他珍贵资料。

如果你被她传奇的一生所震撼,被她治愈无数患者的温暖力量所感动,请你记住这份伟大的爱,也向着心中的理想勇敢地向前吧!

8

傅雷：
家书教子　父爱如山

父亲对孩子的成长至关重要。优秀的父亲,可以用巍巍如山的父爱培养孩子坚毅的品格,开拓孩子广阔的视野,送给孩子一份能使其终身受益的人生财富。《傅雷家书》就是傅雷写给儿子傅聪的一本弥足珍贵的"礼物"。

其中一封信里这样写道:

"长篇累牍地给你写信,不是空唠叨,不是莫名其妙地说长道短,而是有好几种作用的。第一,我的确把你当作一个讨论艺术、讨论音乐的对手;第二,极想激出你一些青年人的感想,让我做父亲的得些新鲜养料，同时也可以间接传布给别的青年；第三，借通信训练你的——不但是文笔，而尤其是你的思想；第四，我想时时刻刻，随处给你做个警钟，做面'忠实的镜子'，不论在做人方面，在生活细节方面，在艺术修养方面，在演奏姿态方面。"

可见，傅雷贯穿全部家书的情意，是让儿子做一个德艺俱佳、人格卓越的艺术家。

让我们一起来看看，这样一位伟大的翻译家、评论家、教育家，这样一位伟大的父亲是怎样"炼"成的。

震颤心灵的教诲

1908年4月7日,傅雷出生在江苏省南汇县渔潭乡的西傅家宅(今上海浦东新区航头镇王楼村)。当时,傅家有四五百亩土地,也算是大户了。

然而,在傅雷4岁时,父亲被土豪劣绅诬害入狱,虽然经傅雷母亲多方奔走后出狱,却在极度的抑郁中病重去世。24岁的傅雷母亲为营救丈夫,无暇照顾幼小的孩子,短短一年内,傅雷的两个弟弟、一个妹妹也相继去世。于是,个子瘦小、为人刚强的母亲就把所有的希望都寄托在了唯一的儿子傅雷身上。

为了让傅雷受到良好的教育,她把家搬到了人称"小上海"的周浦镇镇上。一开始,母亲请账房陆先生教傅雷认字,到了傅雷7岁时,她便请来私塾先生斗南公教傅雷"四书五经",自己则在旁边一面听一面做针线活儿。她虽是文盲,但晚上检查傅雷背课文时,居然能听出傅雷背错的地方。

爱玩是儿童的天性。9岁那年,傅雷开始逃学。有一天,先生气愤难忍,就告诉了傅雷母亲。当天晚上,傅雷在睡梦中被一阵低低的抽泣声惊醒了,他发现,自己的双手双脚竟被母亲捆起来了。昏黄的灯光下,只见母亲双膝跪在父亲的灵位前,悲伤的抽泣声笼罩了整间小屋。

抹去泪水,母亲走过来,把傅雷从床上扯下来,低声说:"既然你不想上学,以后就永远不用上了。"

母亲的话像锐利的尖刀刺中了傅雷,他害怕了,大声哭喊着:"妈妈,妈妈,饶了我吧,我再也不逃学了!"

母亲没有理他,硬是把他扔出了家门。

傅雷的身体被小石头划破了,鲜血直流。他害怕得大声求救。邻居们闻声纷纷跑出来,看到这一幕,赶紧把傅雷母亲拉开,给傅雷松了绑。

这时,母亲再也控制不住自己,一把抱住傅雷,号啕大哭起来:"孩子,我没了你父亲,你的弟弟和妹妹也没有了。我只剩下你了呀!"

傅雷终于明白了母亲的心意,哭着说:"妈妈,我错了,我再也不惹您生气了!"

从那以后,傅雷果然再也没有逃过学,真的懂得了努力上进。在母亲的教育下,傅雷养成了认真刚烈的性格。

后来,傅雷以优异的成绩考上了上海大同大学附属中学,再后来到了法国留学。可无论走到哪里,无论干什么,傅雷总感觉母亲那双布满血丝的眼睛在背后看着他,那句震颤心灵的话也始终在他的耳畔回荡着,于是他更加刻苦,一点儿也不敢放松对自己的要求。

执着的翻译家

傅雷走上翻译的道路是一种偶然,也是一种必然。

1927年他赴法国留学,主修文艺理论。那时的他,经历了少年时的苦闷,面对家国的苦难,充满了迷惘和彷徨。因此,在课余时他就喜欢翻译一些文章作为调剂和休息。

一个偶然的机会,他读到了法国著名文学家罗曼·罗兰的人物传记《贝多芬传》,顿时就被作品里所传达的精神震撼了。贝多芬不屈不挠与命运、与社会不公做斗争的精神,让傅雷感受到了巨大的力量,他全身迸发出一种生命的激情。他下定决心,一定要将《贝多芬传》翻译成中文,把贝多芬的精神传递给正处于水深火热中的中国人民。在他看来,"唯有看到克服苦难的壮烈的悲剧,才能帮助我们担受残酷的命运"。

1932年11月,回国刚一年多的傅雷,满怀希望地将《贝多芬传》的译稿寄给出版社,结果却遭到了退稿,退稿的理由是:该书已有中译本。

"难道因为我还是个默默无闻的新人吗?"

傅雷虽然十分失望,但一点儿都不气馁,他决心向贝多芬学习,不向命运低头,他开始翻译罗曼·罗兰的另外两部名人传记——《米开朗琪罗传》和《托尔斯泰传》。

又过了一年,傅雷终于完成了两部人物传记的翻译。为了让译著的出版更加顺畅,他怀着对精神导师的无比尊崇之情,在1934年3月从上海致函罗曼·罗兰。在信中,傅雷对这三本"名人传"给予了极高的评价,认为这些著作

"已哺育万千青年",又指出中文译本已经落后于其他语言版本,请罗曼·罗兰允许出版由自己翻译完成的译本。傅雷在信中自称"弟子",还深情追述了自己刚读到《贝多芬传》时的激动心情,希望罗曼·罗兰能够回信,并将回信作为译著的序言。

信寄出去了,傅雷焦急地期待着大师的回复。

怎么能不焦急呢?作为有过失败经历的一个无名译者,他真的能等到罗曼·罗兰这个世界著名大文豪的回信吗?

万万没想到,几个月后,在上海最炎热的日子里,翘首以盼的傅雷真的收到了罗曼·罗兰的回信。罗曼·罗兰在信中对傅雷翻译三本书表示非常欣慰,并且谈到了英雄人物对社会进步的影响。这封回信对傅雷来说无疑是极大的支持和肯定,让傅雷变得更加自信。收到信后,傅雷马上回信表达了自己的感激之情,并请前往欧洲的朋友代为寄出。两人的鸿雁传书也成为中西方文化交流史上的一段佳话。

1935年3月,《托尔斯泰传》终于由上海商务印书馆出版,罗曼·罗兰给傅雷的那封回信果然作为序言出现。8月,《米开朗琪罗传》也顺利出版。这时,傅雷极其看重的《贝多芬传》顺理成章也被排上了出版日程。

不过,由于抗日战争爆发的影响,此时的傅雷对自己多年前的译本又有了新的想法,他说:"现在阴霾遮蔽了整个天空,我们比任何时(候)都更需要精神的支持,比任何时(候)都更需要坚忍、奋斗、敢于向神明挑战的大勇主义……"因此,他又花费了不少时间重新翻译《贝多芬传》,用自己对这本名著全新的理解向读者传递着坚韧不拔、奋斗不止的信念。这本书最终在1946年4月由上海的骆驼书店排印出版。

至此,前后花费傅雷十几年心血的"名人传"中译本全部出版。此后连续数十年,罗曼·罗兰的作品在中国产生了广泛影响,傅雷功不可没。

新中国成立后,傅雷迎来了事业的黄金期,他谢绝了清华大学的邀请,重新回到书房,全身心投入自己最喜爱的翻译工作。之后的十几年,他重新翻译了巴尔扎克的《高老头》、罗曼·罗兰的《约翰·克利斯朵夫》,新译了巴尔扎克、梅里美等人的多部作品,迎来了翻译生涯的第二个高峰。

傅雷一生共翻译34部作品,超过500万字。他的译著生动传神、行文流畅,深受读者喜爱并长销不衰。傅雷的名字,在中国翻译史上,闪烁着永远的光辉。

学会做人最重要

1954年,傅雷的长子傅聪到波兰参加第五届肖邦国际钢琴比赛,赛后在波兰留学,后又移居英国伦敦。从此一直到1966年傅雷夫妇去世,写信便成为夫妇俩与儿子交流沟通的渠道。十多年间,两代人所写的家信,洋洋洒洒数十万字。父母家书的字里行间展现了对孩子拳拳的舐犊之情。

回忆起父亲在家信中的殷殷嘱咐,傅聪这样说:"我爸爸最强调做人,没有这一点,谈不上艺术,谈不上音乐,一切都谈不上。"

傅雷也曾经总结了自己培养儿子的一些理念:第一,把人格教育看作主要,把知识与技术的传播看作次要。第二,艺术教育只当作全面教育的一部分。第三,即以音乐教育而论,也决不能仅仅培养音乐一门……需要以全面的文学艺术修养为基础。

在这样的教育理念下,傅雷夫妇教给傅聪的,更多的是如何好好做人,教导他要明辨是非、爱憎分明,养成质朴无华和吃苦耐劳的品性。

傅聪在上小学四年级的时候开始学钢琴,一年后,由于他学东西实在太快,傅雷只好强制给他"减负",让他退学回家,在家中学习小学课程和钢琴。为此,傅雷专门给傅聪请了教英文、代数、几何等科目的老师。而和语文相关的课程则由傅雷亲自教授,从孔孟等先秦诸子的学说到《史记》《汉书》,无所不讲。

在讲课的时候,傅雷以讲述富有趣味的故事、寓言和史实为主,以讲述古典诗歌与文艺散文为辅,他这种将语义知识、道德观念和文艺熏陶相结合的家庭教育,不仅提升了傅聪对诗歌、小说、戏剧以及绘画等的欣赏水平,还使得少年的傅聪开阔了视野,从艺术的意境去体会音乐,这为他今后的艺术人生提供了源源不断的精神给养。

在具体的教学方法上,傅雷从不直接讲解,而是让傅聪自己事先学习,遇到不了解的地方,才旁敲侧击地指引他找出正确的答案,目的是培养傅聪的思考能力与基本逻辑能力。

然而,傅雷给傅聪讲得最多的,还是那些有关德行操守的名言和生活信条,例如"富贵不能淫,贫贱不能移,威武不能屈""吾日三省吾身""人而无信,不知其可也""三人行必有吾师"。

这些道德品质上的教育,才是傅雷送给傅聪的最大财富。

有人曾经问傅聪,《傅雷家书》对他有什么影响,傅聪说:"你看我爸爸写的信……他认为做艺术家绝对不能关在琴房里整天练琴,一定要关心国家大事……要知道你练琴是为了什么……真正的艺术一定是——任何艺术都是,绘画也是这样,音乐也是这样,文学也是这样——给你一种心灵的启迪。能启发你心智的东西,才是最重要的。"

因此,我们就不难理解,当傅聪要远行欧洲时,傅雷送给他的那几句临别赠言了——"先为人,次为艺术家,再为音乐家,终为钢琴家"。

家书抵万金

俗话说,儿行千里母担忧。傅聪走后,傅雷何尝不是"儿行千里父担忧"呢?他既担心孩子在外的生活状况,又担心他的学习能不能更进一步。而他全部的担心、挂念,都隐藏在了那数百封信的字里行间。

这中间,有一封特殊的信件格外引人注目,弥足珍贵。这就是傅雷晚年手抄的《艺术哲学》第四编,这是法国著名文艺理论家和史学家丹纳的著作。傅雷把它寄给远在欧洲的傅聪,期盼能提高他的艺术修养。

学者抄录经典著作,这算不得什么新闻,但对此时的傅雷来说,却极为不易。傅雷是翻译家,一生全靠译作的稿费养家糊口,但他翻译作品从不追求"效率"和"产量",为了保证质量,每日翻译从不超过千字。用他自己的话说:"这样的一千字,不说字字珠玑,至少每个字都能站得住。"晚年的傅雷经历了许多风波,书斋里已经再无宁静。译作已经不

能出版,没有稿费,收入骤减;长期呕心沥血地工作让他身患多种疾病,备受病痛折磨,他被医生警告有失明的危险。一家人的生活就此陷入了极端的困顿中,傅雷夫妇长期营养不良,以至于傅雷夫人朱梅馥在给傅聪的信中说:"爸爸的身体很糟……(眼睛)发花、发酸、淌泪水……"她甚至在信中向傅聪要一块黄油……

我们现在已经难以想象,在内忧外困的处境下,傅雷这个几近失明的老父亲,是怎样不顾医生的警告,用一双浑浊酸痛、泪水涟涟的眼睛,给儿子足足抄了一个月书的。但我们分明能从保存下来的傅雷手迹中,看到那个"又热烈又恬静、又深刻又朴素、又温柔又高傲、又微妙又率真"的父亲的灵魂!

在家书中,傅雷半点儿都不提自己的辛苦,依然那样润物无声地向傅聪解释:"因你对一切艺术很感兴趣,可以一读丹纳之《艺术哲学》……若能彻底消化,做人方面,气度方面,理解与领会方面都有进步,不仅仅是增加知识而已。"

在生存最困难的时候,傅雷仍然不忘谆谆教导孩子。而傅聪也没有辜负父亲的期望,最终成为享誉世界的钢琴大师。后来,傅聪被誉为肖邦作品的完美演绎者、东方的钢琴诗人,成为世界各大钢琴比赛理所当然的评委。傅聪对西方音乐作品的演绎,饱含着东方文化的底蕴。他曾满怀深情地回忆说,父亲在很多方面像一个先知。

的确,傅雷的父爱如山。在那个特殊的年代,就傅雷的境遇而言,他的家书是名副其实的"抵万金",如此才为世界培育了一位著名的钢琴大师,更彰显了这位慈父严谨认真、正直坦荡的人格魅力。

博物馆里的珍贵记忆

《傅雷家书》手稿

  这是我国现代著名翻译家、作家、教育家傅雷写给他的大儿子傅聪的家书手稿，现藏于上海浦东图书馆。傅雷不但是一位著名的翻译家，也是一位伟大的父亲。他尊重孩子，对孩子像对朋友一样平等地对待，而且特别注重教育孩子的方法。1954—1966年的十多年里，傅雷和夫人通过给儿子写信的方式来教育孩子。这些信后来以《傅雷家书》的名字结集出版，成为一部字字透至情、篇篇露真意的现代教子经典著作。

傅雷故居

　　位于上海市浦东新区航头镇王楼村的傅雷故居是傅雷出生的地方，故居的建筑由傅雷的祖父傅炳清于清末时修建，至今已有百年历史。傅雷故居原本有36间房，占地面积达1500平方米，现在的占地面积只剩下不到四分之一。这里以实物、照片和文字等形式全面展示了傅雷先生的孩提岁月、家风家训以及翻译生涯。傅雷在他父亲去世以前，在这里度过了一段幸福快乐的童年时光。

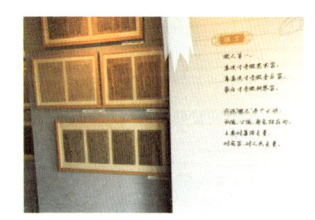

傅雷旧居

从傅雷故居所在的王楼村往北大约7公里的周浦镇镇上,还有一座傅雷旧居。傅雷的父亲病逝后,母亲对傅雷寄予了全部的期望,就带着他搬到了周浦镇,租了这座房子。在这里,傅雷度过了对其影响至深的青少年时期。你看到私塾旁边那间带窗的小房子了吗?当年傅雷的母亲曾经请过一位姓陆的先生教他识

字,母亲就坐在那儿一面做针线活儿,一面监督傅雷读书。走进这座小房子,我们仿佛可以看到傅雷的母亲对他殷殷关爱的场景,听到傅雷琅琅的读书声。

傅雷图书馆

如果你想进一步了解傅雷,那么你一定要去上海浦东新区第二大的图书馆——傅雷图书馆去看一看。它位于傅雷故居北面约3公里的沈

梅东路上，是全国唯一的傅雷主题图书馆，也是国内收藏傅雷译著、著作最多、最全的图书馆。傅雷图书馆内部专门设有傅雷文献馆，共藏有傅雷主题图书500多种，电子出版物5万多种，报刊200多种。在这里你不仅能全面了解傅雷的翻译、文学、艺术、教育艺术和成就，还能在浓烈的文化气息中感受傅雷精神，培养高尚情操。

9

钱学森：
中国航天事业的奠基人

钱学森是中国科学院及中国工程院院士,世界著名科学家、空气动力学家,是中国"两弹一星"功勋奖章获得者,是中国航天事业的奠基人。

他一生默默治学,无论在什么时候,什么地方,他始终忠诚于一个科学家的最高职责、一个华夏子孙的最高使命。作为中国航天事业的先行者,他不但是知识的宝藏、科学的旗帜,而且是民族的脊梁、中国人的典范,他向世界展示了中国人的风采。他的成就,在中国和世界历史上,同时留下了耀眼的光芒,照亮了前路。

为报效国家而留学

1911年12月,钱学森出生于一个书香世家。父亲钱均夫曾留学日本,才华出众,思想开明,是一位真诚的爱国学者,为中国教育事业奉献了一生。母亲章兰娟是一位大家闺秀,知书达理,具有很高的数学天赋。钱学森继承了父母的基因,从小天资聪颖,3岁时就能背诵上百首唐诗、宋词。

钱学森曾说:"我的第一位老师是我父亲。"尽管工作繁忙,父亲也总是抽出时间陪他玩,给他买幼儿读物,教他看图、认字。母亲常教钱学森做心算,培养他对数学的爱好,还常常给他讲古代名人的故事。钱学森最爱听的是岳飞精忠报国、陆游仗剑去国、杜甫忧国忧民、诸葛亮鞠躬尽瘁等故事。每当听到这些,他都聚精会神,对那些英雄人物崇敬不已。上学以后,到了寒暑假,父亲就会带钱学森到处拜访名师、补习功课,所以钱学森从小就兴趣广泛、文理兼通。

少年时的钱学森比较贪玩,父亲却并没有责怪他,而是找机会跟他说:"你不是喜欢玩吗,那咱们就去拜访矿物学的老师,让他带你到野外游玩好不好? 顺便再学一下采集矿石。"钱学森听了十分高兴,父亲的这一招让他既玩得开心,又增长了见识。就这样,除了矿物学,他在课余时间还学习了伦理学、音乐、绘画等课程。

钱家家教严格,父母亲常常教育钱学森学习不能偷懒。因此钱学森培养了良好的学习、生活习惯:他每天按时起床、睡觉,按时复习功课;出门前一定把自己打理得干净整洁,书包也整理得井井有条;回家后衣服、鞋、帽、书包也放在固定的位置。后来,钱学森治学严谨,与这些从小养成的好习惯有着很大的关系。

在父母的言传身教下,钱学森从小就立下了远大的志向——要做一个有用的人,要为建设祖国而奋斗。1934年,钱学森以优异的成绩毕业于交通大学。为了学到更尖端的科学知识,他考取了清华大学留美公费生。

1935年8月,钱学森即将去美国麻省理工学院学习。临别前,父亲从口袋里掏出一张纸,郑重地塞到他手里:"这就是父亲送给你的礼物。"说罢转身离去。等到父亲的背影消失后,钱学森连忙打开纸条,看到上面写了一段临别赠言。父亲在赠言中告诉钱学森,做人不但要有智慧和思想,还要懂得忠孝仁义,希望他早日学成归国。钱学森看完不禁潸然泪下,他默念着父亲的教诲踏上了留学之路。

身在美国的钱学森始终没有忘记父亲的教诲和自己报效祖国的初心。母亲每次给他写信,也会提醒他要努力学习,早日回国。新中国成立后,钱学森几经辗转,终于回到了祖国,投身于"两弹一星"的研究,为祖国的航天事业立下了不朽的功勋。

艰难坎坷的归国路

1936年10月,钱学森转入美国加州理工学院深造,成为著名的空气动力学家冯·卡门教授最重视的学生。

在冯·卡门身边学习、工作的十年间,钱学森和导师共

同提出了"卡门－钱学森"公式,为高亚音速飞机的制造做出了重大贡献。他还加入了由冯·卡门的学生组织的"火箭俱乐部"进行火箭试验,最终使火箭成功升空。此后,他又参与了美国首个军用远程火箭的设计,并和导师冯·卡门参加了当时美国研制开发导弹核武器的绝密计划——"曼哈顿工程"。后经冯·卡门教授推荐,35岁的钱学森成了麻省理工学院最年轻的终身教授。

钱学森在美国取得了巨大的成就,也成了美国科学家中的明星,但他的心却一直向着祖国。1949年10月1日,当第一面五星红旗升起在天安门广场上空时,钱学森激动不已,恨不得马上插翅飞回祖国,参与到建设新中国的伟大事业中。

他对夫人蒋英说:"祖国已经解放,我们该准备回去了。"

1950年8月,钱学森找到美国国防部海军部副部长丹尼·金布尔,提出了回国的想法。钱学森刚刚离开办公室,金布尔立即拨通司法部的电话:"钱学森太有价值了,他知道美国所有导弹工程的核心机密,在任何情况下,他都抵得上5个师,我宁可把这个家伙枪毙了,也不能放他回红色中国去!"

果然,当钱学森和夫人买到机票准备回国时,洛杉矶海关却通知他们不得离境,理由是他的行李中有大量的"绝密文件"。很快,钱学森便被当作囚犯拘押起来,遭受了百般折磨,半个月内体重下降了将近30斤。

美国当局对钱学森的这些迫害,引起了美国科学界的公愤。加州理工学院的师生们纷纷向移民局提出强烈抗议。在强大的舆论压力下,钱学森获得了保释,但行动仍旧受到监视。

为减少麻烦,钱学森除了去学校教学,停止了一切社交活动,开始从事新的研究,并写出了《工程控制论》一书。冯·卡门读完,感叹说:"你的学术能力已经超过我了。"

在长达5年没有自由的日子里,钱学森从未放弃抗争,他不断向移民局提出离开美国的要求,同时也想方设法将自己的情况传回祖国。钱学森要求返回祖国的斗争,得到了祖国的关怀和支持。1955年8月,中美两国举行了大使级会谈,就两国平民回国问题达成协议,钱学森终于能够离开美国了。

一个月后,钱学森一家乘邮轮启程回国,经过20多天的海上航行到达广州。终于踏上了祖国的土地,钱学森脸上绽放出幸福的笑容。他说:"我一直相信,我一定能够回到祖国,今天,我终于回来了!"

钱学森的回国,拉开了我国航天事业的序幕,也使得我国导弹、原子弹的发射时间向前推进了至少20年。在他的参与领导下,1970年,我国成功发射了第一颗人造地球卫星;1980年5月,我国又向太平洋预定海域发射了第一枚运载火箭。这些振奋人心的消息传遍了五洲四海,太空敞开怀抱迎接即将到来的中国人。

姓钱却不爱钱

钱学森常说:"我姓钱但我不爱钱。"这句话反映了中国知识分子们共同的优秀品质——爱国奉献、不计名利。

1956年6月,刚回国不久的钱学森,应苏联科学院的邀请访问苏联。一个月间,他参观了不少当地的大学和研究机构并发表演讲。回国后,他主动把所获得的丰厚演讲费、咨询费全部捐给国家,捐给了社会主义建设事业。

1957年1月,钱学森获得了中国科学院自然科学一等奖,奖金一万元。当时这可是一个不小的数字,拿到钱后,他立刻响应号召,购买了国家经济建设公债,支援国家建设。1961年,公债到期,钱学森连本带息,将11500元钱全都捐给了刚成立不久的中国科学技术大学,让学校购买急需的教学设备。

没想到这笔钱很快派上了用场。

新学期开始,钱学森开设了《火箭技术概论》课程。这门课必须要用到计算尺,但全班有三分之二的同学买不起。为此,钱学森专门让学校用他的部分捐款去买。当时,即使是一把最便宜的计算尺,价格也相当于一个学生一个月的伙食费。工作人员先去附近文具店购买了最便宜的计算尺,但是发下去后,还有一部分同学没有拿到。

钱学森听说了,着急地询问:"为什么不按人数买足?"

工作人员回答说:"已经把店里最便宜的这种计算尺都买回来了。"

钱学森挥手说:"那就再买贵一点儿的,一定要尽快买够,让每一位学生都有一把计算尺。"

钱学森的这一举动,不仅帮助学生们解决了学习上的困难,也为他们树立了不计利益、潜心学术的好榜样。

1962年,国家刚刚挺过困难时期。钱学森是当时我国仅有的几位特级研究员之一,在工资上算是高待遇了。钱学森明白国家还很穷,人民生活水平也不高,因此他主动写信,要求组织上接受他降低工资的请求。他说:"这几年我一直感到自己的工资偏高,总想找个机会降一降,正好这个机会来了。"在他的影响下,很多科学家都纷纷响应国家的号召主动减薪。

1995年,钱学森获得了首届"何梁何利基金优秀奖"(后改称"何梁何利基金科学与技术成就奖"),奖金100万元。这笔巨款到账后,他看都没看就捐给了我国西部的沙漠治理事业,再一次印证了他不慕金钱名利的崇高品质。

不同的分数，不同的态度

1996年，钱学森的母校——上海交通大学举行百年庆典，学校档案馆展出的一张试卷，引起了很多参观者的好奇和惊叹。原来，这是钱学森大学三年级时的一张水力学试卷。虽然纸张已经泛黄，但整洁的卷面、工整的字迹，让这张试卷看起来就像一件印刷品。

1929年，钱学森以第三名的成绩考入了上海交通大学。当时，学校规定每门课考到90分以上为优秀。钱学森暗暗攒上了劲儿，他每次考试不但成绩好，而且试卷书写工整、干净漂亮、连等号都像用直尺画的一样，让各科老师赏心悦目。大家都说，批阅钱学森的试卷就是一种享受。

一次水力学考试后，任课老师金教授把试卷发下来讲评，第一名又是钱学森，而且得的是满分。而钱学森却满腹狐疑，因为考完试后他就发现自己有一处笔误，将一串公式中的"Ns"写成了"N"。他拿到试卷一看，自己果然写错了。

与分数相比,诚实的人格显然更加重要。钱学森毫不犹豫地向老师报告了自己的笔误,试卷被改成了96分。但老师也立刻宣布:"尽管钱学森被扣掉4分,但他实事求是、严格要求自己的学习态度,让我觉得,他就是我心目中的满分。"后来,这份试卷被金教授收藏起来,直到1979年底,他才将这份珍藏了近50年的试卷捐给了学校。

钱学森对自己的分数十分计较,对学生们的分数却比较宽容。

在刚担任中国科技大学力学系主任时,钱学森给首届学生吃了一顿"杀威棒"。他编的考卷上只有两道题,但第二道题需要用到很多数学知识,是真正的"考验",这把全班学生都难住了。

考试从上午八点半开始,直到中午还没有一个人交卷,中间还有两个学生晕倒了。见此情况,钱学森宣布:"吃午饭吧,吃完接着考。"可是学生们直到傍晚也没做出来,只好交卷。成绩出来,竟有95%的人不及格。

其实,钱学森这次的考试只是为了磨炼学生的意志。于是,在考试后他想了一个"怪招儿":把每个学生的成绩开方再乘以10,算是最终成绩。这样一来,80%的学生都及格了,但他们也认识到了自己数学基础的薄弱。最终,钱学森决定让这些力学系的学生延迟半年毕业,专门补习数学。由于打下了坚实的数学基础,学生们受益匪浅,在后来的工作中他们大都成了同龄人中的拔尖人才,有的在"两弹一星"事业中担当重任,还有几位成了中国科学院院士、中国工程院院士。

毛主席曾经评价,美国人把钱学森当成5个师,在他看来,钱学森比5个师的力量大多了。的确是这样,美国人只看到了钱学森的科学才华,却没真正领会这个中国人的精神魅力。钱学森不仅以严谨和勤奋的工作态度在科学领域为人类的进步做出了卓越贡献,更以淡泊名利和率真的人生态度诠释了一个科学家的高尚人格。他是"两弹一星"精神的主要缔造者,他为中华民族的伟大复兴提供了不竭的精神动力。

博物馆里的珍贵记忆

钱学森致陈叔通的信函

　　这封信现藏于中国国家博物馆。新中国成立之后，钱学森毅然决定回国报效国家，然而美国却以种种借口阻挠他。1950年9月7日，美国联邦调查局逮捕了钱学森，他被关押了半个月后才在9月23日获释，此后一直受到监视。1955年6月的一天，钱学森夫妇摆脱特务的监视，在一封寄给亲戚的家书中，夹带了一封用香烟纸写给陈叔通的信，信中请求祖国帮助他早日回国。在当年8月的中美大使级会谈中,这封信成为让钱学森回国的重要材料,钱学森终于踏上了返回祖国的旅途。

钱学森纪念馆

图中的这栋小楼,是位于北京师范大学附属中学校园内的钱学森纪念馆,钱学森曾在这里就读。

钱学森曾经记录了对他影响最大的17位老师,其中有7位来自北京师范大学附属中学。纪念馆共有五个展室,陈列了钱学森的许多珍贵手迹、历史文献和生平

图片，重点反映了钱学森青少年时代的成长道路，为我们再现了这位天才的爱国科学家一生的不凡经历和丰功伟绩。

钱学森图书馆

带着对钱学森的崇敬，我们来到他的母校上海交通大学的徐汇校区。校园里这座方鼎式的赭红色建筑，是为了纪

念钱学森而专门修建的钱学森图书馆，外墙上还刻有他的头像浮雕。图书馆建筑外形采用了"大地情怀、石破天惊"的设计理念：一方面，以"方正的石头"寓意钱学森心系祖国大地的赤子情怀；另一方面，以"裂开的石头"之中迸发出东风二号甲导弹实物展品的建筑场景，寓意"两弹一星"元勋钱学森"石破天惊"的事业。

钱学森图书馆是国内外最完整、最系统、最全面的钱学森文献和实物收藏保存中心，馆内收藏有钱学森文献、手稿照片和实物61000余份。馆内的"人民科学家钱学森"主题展览分为"序厅""中国航天事业奠基人""科学技术前沿的开拓者""人民科学家风范""战略科学家的成功之道"5个部分,我们可以在这里缅怀钱学森,学习他为国家富强和民族振兴不懈奋斗的崇高品德和可贵精神。

扫码听书
"声"临其境

面对国家的重托，34岁的他毅然挑起研究核武器的重担，28年隐姓埋名，始终站在中国核武器设计制造和研究的第一线；面对超级大国的封锁，他抛洒热血、以身许国，带领团队在艰苦的条件下，成功研制出我们自己的原子弹和氢弹，把我国国防尖端自卫武器提升到了世界先进水平。

他用生命为祖国铸造了保证长治久安的大国利器，以实际行动践行了报国的初心和使命。他就是当之无愧的"两弹元勋"——邓稼先。

用科学使中国强盛起来

1924年6月,邓稼先出生于安徽省怀宁县的一个书香世家,他家祖上出了很多文化名人。他的六世祖邓石如是清代著名的篆刻家、书法家,被称为"书法四体清代第一人"。邓稼先的爷爷邓艺孙是教育家,父亲邓以蛰是我国著名的美学家、美术史家、教育家,我国现代美学的奠基人之一。

邓氏家族淡泊名利、勤学笃行的家风世代相传,深深地影响了天资聪颖的邓稼先。他从小就守礼义、知廉耻、讲忠信,父亲不仅让他读传统的"四书五经"、学习国文,也要求他学习英语、读外国文学名著。这使他有了很好的中西文化的基础。

邓稼先的少年时代,山河破碎,战乱频繁,残酷的现实强烈冲击着他的心灵。因此,他经常和同学谈论国家的前途和命运,并且立志要学好本领,为祖国的强盛贡献自己的力量。

读高三时,邓稼先所生活、深爱的北平早已落入日军手中。为了奴化中国人,日本人常常强迫中国人向他们鞠躬行礼。邓稼先感到十分屈辱和气愤,宁愿绕道多走路也不愿受他们的羞辱。

有一次,日军强迫邓稼先所在的学校召开庆祝会,庆祝日军又占领了中国的一个城市。散会后,邓稼先胸中怒火汹涌,当众把一面纸做的日本国旗撕得粉碎并狠狠踩在脚下。现场顿时陷入混乱,引起了汉奸们的注意。幸好当时他们没有看清邓稼先的脸,邓稼先趁乱离开了……

校长知道了这件事,担心邓稼先总有一天会被周围的汉奸盯上,便劝说他离开北平躲避灾祸。于是,邓稼先不得不开始了逃亡之路。

临行前,父亲嘱托道:"稼儿,以后你一定要学科学,学科学对国家有用。"话语中流露出深沉的爱国情怀和对儿子殷殷的期许。邓稼先点了点头,把父亲的嘱托牢牢记在了脑海里,当作自己的毕生追求。

"我现在只有仇恨,没有眼泪。"被逼逃亡的邓稼先一路看到国家满目疮痍,胸中迸发了蓬勃的报国热忱。1941年,17岁的他考入西南联合大学物理系。在这里,他利用一切时间抓紧学习科学知识。"千秋耻,终当雪,中兴业,须人杰"的校歌让他渴盼实现自己科技强国的夙愿,他发誓,要将个人的事业与民族的兴亡紧密相连。他清楚地认识到,要想把国家领向安全地带,就必须学到更多本领,为祖国铸造国之利器。

1947年,胸怀大志的邓稼先通过了赴美研究生考试,第二年秋进入美国普渡大学研究生院攻读理论物理。出国前,邓稼先就有着清醒的认识:"我早已看准了自己的位置。只有掌握当今世界先进的科学技术,才能使中国强盛起来,我要永远站在科学的前沿阵地。"他还许下承诺:"将来国家建设需要人才,我学成一定回来。"

到美国后,他更加发奋学习,仅仅用了一年多便修满学分,并通过了博士论文答辩。那时他年仅26岁,人称"娃娃博士"。

新中国成立的消息传到美国,兑现承诺的时刻到了,邓稼先早已归心似箭。1950年8月29日,在获得博士学位的

第9天,他就冲破重重险阻,毅然决然地登上了回国的轮船。

隐姓埋名研制原子弹

回到百废待兴的祖国,邓稼先进入了中国近代物理研究所工作,从事原子核理论研究。在这里,他度过了成年以后最稳定的8年时光。

1958年秋,邓稼先服从组织安排,要去参加研制原子弹的绝密工作了,这是他人生中最重大的一次转折。他感到无比荣耀,却又心怀对家人的愧疚,晚上躺在床上翻来覆去,怎么也睡不着。

好半晌,他才翻身对妻子说:"我要调动工作,以后家里的事就拜托你了。"

"你要调动到哪里?"妻子问。

"这不能说!"

妻子又问:"做什么工作?"

他说:"这也不能说。"

妻子说:"那你给我一个信箱的号码,我跟你通信。"

他说:"大概这些也都不行吧。"

"多长时间回来?"

"不清楚,可能会很久……"

出身名门、从小接受爱国思想熏陶的妻子明白了,这次丈夫的工作不简单。她虽然不知道丈夫要去干什么,但隐隐能感觉出一定是国家大事。看着丈夫,她坚定地说:"放心吧,我是支持你的。"

"我的生命从此就献给未来的工作了,做好了这件事,生命就有意义,就是为它死了也值得。"邓稼先的心里有矛盾,但又充满了希望。

这一年邓稼先34岁,妻子许鹿希30岁,两个孩子大的4岁,小的只有2岁。许鹿希就这样,用"我支持你"这几个字,支撑起了后来的岁月。

此后,邓稼先就从中国近代物理研究所"消失"了,他的名字不再出现于公开场合和公开出版物上,他的身影也只出现在警卫森严的大院和大漠戈壁里。

那是与世界赛跑的六年。

邓稼先和他的同事们每天的工作量都达到了极限,白天时间不够用,晚上继续挑灯夜战。困了,就趴在床上打个盹儿。有一次,邓稼先累得伏在办公桌上睡着了,结果重心不稳,一下子摔倒在地上,可他竟没有醒,反而越睡越香。还有一次,他指导年轻人写报告,讲完之后,他自己竟站着睡着了。

功夫不负有心人。后来的故事,正如那朵让世界瞩目的蘑菇云,早已家喻户晓。

中国第一颗原子弹爆炸成功,《人民日报》发行号外,认为这是"加强国防建设的重大成就,对保卫世界和平的重大贡献"

1964年10月16日,在我国第一颗原子弹爆炸成功的消息发布后,全国人民为之欢欣雀跃。邓稼先74岁的岳父许德珩,站在客厅里一手拄着拐杖,一手拿着《人民日报》号外,高兴地连声说:"太好了!太好了!"他转过头去问正在家中做客的中国科学技术大学副校长严济慈:"为国家研制原子弹的是何方神圣?"

"嘿!你还问我?去问你的女婿呀!"严济慈笑个不停。

一语道破了天机,许德珩恍然大悟。许家人到这时候才知道,原来,销声匿迹了这么多年的邓稼先,干了这样一件惊天大事。

无悔的选择

在进行核试验的艰苦岁月里,与家人分隔两地的思念之苦固然难以忍受,但更可怕的是令人防不胜防的核辐射。

邓稼先一次又一次主持核试验,经常出入车间,在相当长一段时间里,他几乎天天接触放射性物质。内行人把工作当中受到辐射伤害的情况叫作"吃剂量",这个看起来轻描淡写的词,是科学家们为了减轻辐射伤害带来的精神压力而起的名字。

1979年,一次核试验之后,氢弹头坠地却没有升起蘑菇云,团队里的同事们争先恐后要去查明原因。邓稼先坚决地拦住众人,对大家说:"谁也别去,我进去。我做的,我知道。你们去了也找不到,没有必要……"

于是,他身穿白色防护服,戴着一副墨镜,独自一人走进了当初预定的爆炸核心区域。好在,他很快找到了氢弹头。他把摔破的碎片拿到手里反复查看,最终确认是降落伞出现了故障。然而此时,他已经承受了超过正常限度几十倍的核辐射剂量,也就是从那时起,他生命的倒计时开始加速。

此后,邓稼先更加珍惜时间,更加拼命、忘我地工作。但很快他就开始便血,身体状态也越来越差。只是,忙于工作的他,根本顾不上去医院检查身体。

1985年7月,邓稼先被确诊为直肠癌。住院期间,他全身大面积溶血性出血,止疼药从一天一支,变成了一小时一支。身为医学教授的许鹿希看着被病痛折磨的丈夫,禁不住泪流满面。

邓稼先病重的消息一传开,亲朋好友无不为他担忧牵挂。然而邓稼先自己却十分坦然淡定。他一再要求组织上不要再为他产生不必要的麻烦与浪费。此时的他只有一个念头:在有限的时间里,为党和人民再做一次贡献,把没做完的事,尽可能做完。那时的他,正全力忙着一项重要工作——跟核物理学家于敏一起,起草关于我国核武器发展的规划建议书。

忍着手术后的疼痛,邓稼先查阅了大量的资料,不断地约同事到病房里来商讨,终于完成了这份对我国至关重要的规划建议书。这份建议书为国家领导人做出核武器战略的最后决策提供了重要参考,也使我国的核武器发展在10年后签署《全面禁止核试验条约》之时,已经达到了实验室模拟的水平。

这是邓稼先生前的又一重大贡献,是他为民族、为国家立下的不朽功勋,也是一位科学家对国家最后的牵挂。

在病床上,邓稼先对许鹿希说:"我不爱武器,我爱和平,但为了和平,我们需要武器。假如生命终结后可以再生,那么,我仍选择生在中国,选择从事核事业,选择你。"

这番话饱含着邓稼先对祖国的热爱和对爱人的深情,更是他一生的写照。正如他说过的话:"我对自己的选择,终生无悔!"

1986年7月29日,邓稼先与世长辞,终年62岁。他为中国的核武器事业奉献至生命最后一刻。

小家大爱　慈父情怀

自从1958年邓稼先调动工作开始,这个小家庭的亲情就同国家命运和民族利益联系在一起了。

邓稼先能够背井离乡,潜心研究核武器,离不开妻子许鹿希的支持。他们的爱，没有朝朝暮暮，只有承诺与等待；他们的爱，没有轰轰烈烈，却又感人至深。

1967年，我国第一颗氢弹爆炸成功后，邓稼先进京汇报工作，终于再次见到了妻子。许鹿希见丈夫突然出现在自己面前，一时间竟不知说什么好。好一会儿，才想起来给他倒水喝。

邓稼先则在每个屋里东看看，西看看，还没来得及向妻子仔细询问，电话又响了。他摆了摆手，许鹿希含着眼泪追出门，追到楼下，邓稼先停下脚步，用安慰的口气说："你自己要多保重！"

邓稼先逝世后，中央领导同志询问许鹿希有什么困难和要求，许鹿希的回答是："请派个医疗队给基地的同志们检查一次身体，他们的生活太艰苦了……"

对于国家，邓稼先是元勋；对于儿女，他是个温暖的父亲。他为国家奉献了一生，没能有更多时间照顾家庭，但他和所有的父亲一样深爱着自己的儿女，为儿女的前途操心，尽量去做些力所能及的事情。

1977年恢复高考后，女儿邓志典决定参加高考，但她

从没学过物理,老师们都认为短时间内没办法补上基础课。这时,邓稼先刚好要在北京工作一段时间,于是他就亲自上阵,每天晚上给女儿补课,常常讲到凌晨三四点钟。父女俩一块儿拼了三个月,上完了中学五年的物理课。一年之后,邓志典终于如愿以偿,和弟弟同时收到了大学录取通知书。

除了在学业上尽可能帮助和引导孩子,邓稼先更注意在品德上用简单朴素的方式教育他们。

邓志典去美国读研究生之前的一天,邓稼先突然问道:"你看过《走向深渊》这部电影吗?"这是一部取材于真实事件的影片,讲述一个女大学生在欧洲求学期间,因贪图享受被情报部门利用,出卖国家利益的故事。

这个时候,父亲提起这部电影,女儿立刻明白了,父亲是希望她能坚守自己的初心,任何时候都不要背叛祖国和人民。邓志典掷地有声地回答:"爸,我不会的。"

邓稼先为了祖国和人民的利益鞠躬尽瘁,在生活上却从没有什么要求。他每天骑着自行车上下班,一直住在老旧的公寓里。邓稼先简朴的作风,潜移默化地影响着儿女。

女儿邓志典在美国读研究生期间,生活节俭,穿的衣服都是从国内带过去的。儿子邓志平也继承了父亲的生活态度和工作作风,为人非常低调。他回忆说:"在我父亲的身上,我看到了老一辈知识分子的坚持与执着,我在父亲那里学到了一种平凡而安静的生活态度。"

邓稼先将祖辈的家风继承下来,又用实际行动践行家风,为儿女树立了良好榜样。他留给家人的物质遗产少之又少,但他留给后人的精神遗产却如一座高山,巍峨耸立,令后世敬仰。

博物馆里的珍贵记忆

在四川省梓潼县邓稼先旧居内,安放着我国第一颗原子弹和第一颗氢弹一比一复制的模型。

1964年10月,中国成功爆炸的第一颗原子弹,就是由邓稼先最后签字确定了设计方案。他率领研究人

员在爆炸试验后迅速进入现场采样、证实效果。他还同于敏等人一起投入了对氢弹的研究。按照"邓-于方案",我国成功研制出了氢弹,并在第一颗原子弹爆炸的两年零八个月后试验成功,而取得这一成就,法国用了8年,美国用了7年,苏联用了4年。

以邓稼先为代表的中国科学家们响应国家号召,毅然决然背井离乡,来到荒漠戈壁,他们隐姓埋名,把自己全部的青春与热血奉献给了祖国的国防事业,向世界展示了何为"中国速度",何为"中国力量"。

中国第一颗原子弹和中国第一颗氢弹的模型

邓石如、邓稼先故居

位于安徽省安庆市的这座清代建筑叫"铁砚山房",这里是"两弹元勋"邓稼先的诞生地,也是他的六世祖、清代书法篆刻大家邓石如的故居。

故居为四进穿斗式瓦房,第一进为门厅,第二进为"守艺堂"正厅,第三进为"燕誉居",第四进主要功能为仓库。

现在,故居里陈列着邓稼先生前的生活用品、学习用品和办公设备。床铺、衣物、鞋帽、书籍、文献资料等物品都由他的夫人许鹿希、儿子邓志平及其他亲属捐献。房间布局也最大限度地还原了邓稼先与其家人曾经的日常生活。我们可以在这里感受到邓氏家族世代传承的淡泊名利、勤学笃行的家风。

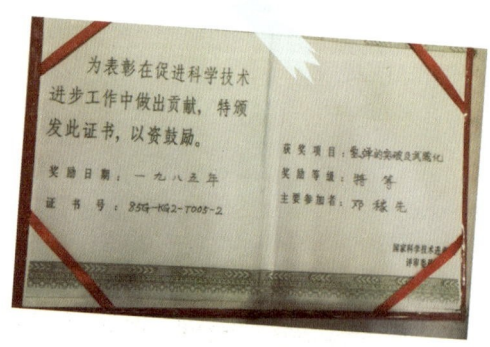

邓稼先所获1985年国家科学技术进步奖特等奖证书

　　在这里，你还可以观看有关邓稼先成就的电影《横空出世》《邓稼先》和40集电视连续剧《五星红旗迎风飘扬》，阅读人物传记《两弹元勋——邓稼先》和收录有《邓稼先》课文的初一语文教材等。从这些物品与记录中，我们可以更真实、更生动地了解邓稼先志存高远、为国献身的伟大精神。

邓稼先旧居

　　在四川省梓潼县有座"两弹城"，这里是中国工程物理研究院旧址，也曾是我国开展核武器研究的指挥部所在地,"两弹一星"功勋奖章获得者邓稼先、于敏、王淦昌、朱光亚、陈能宽等杰出科学家都在这里留下了他们的足迹。

走过苍翠的香樟和梧桐,来到院子东南角的一片平房,最先映入我们眼帘的就是邓稼先旧居,墙上挂着的"邓稼先旧居"几个字是由邓稼先的夫人许鹿希题写的。这

间旧居是两室一厅的套间，但仅有30多平方米，屋里还保留着当年的布置，非常简朴、宁静。邓稼先在这里工作、生活了十几年，旧居内陈列有他曾经用过的物品，还有许多珍贵的历史资料，展示了他辉煌的科研成果和艰苦朴素的生活态度。

11

黄旭华：
潜心奉献　国之栋梁

扫码听书
"声"临其境

20世纪下半叶,新生的中华人民共和国一穷二白,面对国外严密的技术封锁,无数科学家隐姓埋名几十年,将新中国的科技从"无中生有"提升到"领先世界"。我国核潜艇研制工程的代表者——黄旭华就是这群伟大人物中的一员。

他带领团队自力更生、艰苦奋斗,一路攻克种种技术难关,突破了核潜艇最关键、最重大的七项技术,实现了我国核潜艇装备从无到有的历史性壮举,让茫茫海疆有了中国的"钢铁蛟龙"。

"誓干惊天动地事,甘做隐姓埋名人。我和我的同事们,此生属于祖国,此生无怨无悔。"这是2019年,在国家勋章和国家荣誉称号颁授仪式上黄旭华的感言,这既是他对祖国的真情告白,也是他的人生写照。

坎坷的求学之路

黄旭华原名黄绍强，20世纪20年代出生于广东省海丰县一个乡村医生的家庭。在悬壶济世的医生父母的熏陶下，他从小就立志从医。

在那个硝烟四起的年代，小绍强的求学之路极为曲折坎坷。即使是身在家境还算不错的医生家庭，小绍强也曾差点儿上不了学。而当他小学毕业后，正赶上七七事变爆发，又不得不辍学半年多。为了求学，他和哥哥一起走了4天4夜，才抵达广东揭西山区的百年名校——聿怀中学继续接受教育。

1940年夏，战事愈演愈烈，刚上了两年初中的小绍强又失学了。困窘的生活、艰难的世道，全都挡不住他求学的热情，他辗转千里，踏上了往后方广西桂林的求学之路。强烈的学医信念一直支持着小绍强，他一路风餐露宿、舟车劳顿，终于顺利进入桂林中学就读。

从小学到中学，一路坎坷，小绍强目睹了祖国山河破碎、满目疮痍的景象，他深知百姓的生活实在是苦不堪言，爱国的种子就此在他心中生根发芽。为此，他给自己改名为"黄旭华"，希望苦难中的中华民族能如旭日东升般崛起。

1944年6月，日寇的铁蹄逼近桂林，黄旭华的高中生活也匆匆结束。目睹日军肆无忌惮地侵略国土，在海边长大的黄旭华做出了人生中一个最重要的决定——弃医从工。他放弃了曾经最想去的中央大学的保送资格，选择进入上海的交通大学造船专业学习，从此走上了科学救国之路。

在交通大学这片知识的海洋里，黄旭华如饥似渴，孜孜不倦。他不仅接受了西方先进的科学知识、科学观念的洗礼，还得到了国内造船大师的耳提面命，这些都为他日后从事核潜艇的研制工作打下了深厚的专业基础。课余时间，黄旭华还积极参加进步组织"山茶社"，投身于护校、反内战、反饥饿等各种学生运动。他在运动中探寻着革命的真理，加入了中国共产党地下组织。在白色恐怖中，黄旭华坚持对敌斗争，展现了出色的政治才华和惊人的坚强意志，这些能力和品质，成为他后来带领团队攻坚克难完成核潜艇研制任务的有力保障。

1949年7月,从交通大学造船系毕业后不久,黄旭华被选派到中共上海市委党校学习,学习结束,先后在华东军管会船舶建造处、招商轮船局、上海港务局、上海船舶工业管理局工作,并被选送参加苏联援助的舰船的仿制工作。

隐姓埋名三十年

1958年,风华正茂的黄旭华因为优秀的专业能力被秘密召到北京,担任核潜艇研究室副总工程师。

到北京报到后,当时的领导同黄旭华谈话,告诉他这项工作关系到国家命运,具有极强的保密性。

"旭华,做这个工作,第一,进入了就不能出去,得干一辈子,犯了错误也不能出去,只能留在这儿打扫卫生。第二,绝对不能泄露单位的名称、地点以及任务、工作的性质。第

三,得当一辈子无名英雄,不出名。你能够承受吗?"

黄旭华回答得斩钉截铁,他说:"参加核潜艇工作,我就像核潜艇一样,潜在水底下,我不希望出名。"

执行任务前,黄旭华回到老家看望年迈的父母。当时已经63岁的母亲再三嘱咐道:"我和你爸也老了,你要经常回来看看……"

听着母亲的教诲,黄旭华点头答应,心中却颇感愧疚——为了祖国,为了人民,他只能食言了。

黄旭华这次离开家乡,一走就是30年,在一处荒岛上开始了隐姓埋名研制核潜艇的工作。从此,他与家人、亲友唯一的联系,就只能通过那个信箱号了。

黄旭华与母亲的合影

30年间,父母多次来信,问黄旭华在哪个单位、做什么工作,他总是避而不答。直到父亲去世,黄旭华都没有给出答案,也没能见到父亲最后一面。这样的黄旭华,成了父母兄妹眼中的不孝子。

1986年，年过花甲的黄旭华终于回到了阔别30年的家乡，看着已满头银发、年过九旬的老母亲，他不禁落下泪来。但是，即使到了这个时候，家人仍然不知道他这么多年在干什么。

直到有一天，黄旭华给母亲寄了一本《文汇月刊》杂志。母亲戴着老花镜，反复阅读上面的一篇文章《赫赫而无名的人生》。这篇2万多字的报告文学通篇只提到了一位"总设计师"，但文中"他的妻子李世英"这句话，让母亲一下子明白了，这个"总设计师"就是自己的儿子黄旭华呀！多年来的疑问终于有了答案，她终于明白了儿子为什么会消失30年。那一刻，母亲如释重负、喜极而泣，对儿子长年的埋怨、思念全都化作了无边的自豪和感动。

放下杂志，黄旭华的母亲把儿孙们叫到一起，只说了一句话："三哥（指黄旭华）的事情，大家都

黄旭华与妻子的合影

要理解,都要谅解。"

当黄旭华得知母亲说出这句话时,30年来对家人的愧疚终于得以释怀。家人的理解和支持,成了他继续投身核潜艇事业的动力。

常言道,自古忠孝难两全。有人曾经问过黄旭华:"你后悔吗?"他的回答意味深长,他说:"对国家的忠,就是对父母最大的孝。国在先家在后,有国才有家,没有家从何谈孝?我对母亲承诺常常回家没有做到,但我的保守党的机密这个诺言坚决做到了。"

第一个参与深潜的核潜艇总设计师

1988年,我国自主研发的核潜艇迎来了第一场最具风险与挑战的"大考"——在南海进行极限深潜试验。

深潜试验的危险度极高,就算只是一个小小的螺丝承受不住海水压力出现问题,都会造成艇毁人亡的悲剧。

随着试验日期临近,紧张的气氛开始蔓延,有人甚至写了近似"遗嘱"的家书。总设计师黄旭华知道后,赶紧和同事们一个一个谈心,提升大家的信心。

他鼓励大家:"这次做试验绝不是让你们去'光荣',而是要把试验数据完整地拿回来。我们有确保安全的措施!"他的一席话极大缓解了大家的紧张情绪。

不料谈话到了最后,黄旭华竟然语气坚定地又加了一句:"我跟你们一道下去!"

"您不能冒这个险!"大家纷纷劝阻。核潜艇的总设计师亲自参与深潜,这在世界上可没有先例呀!

黄旭华摆摆手,认真地说:"我是总设计师,我不仅要为这条艇的安全负责到底,更要为下去人员的生命安全负责到底。"

这番话像定海神针,打消了大家最后的顾虑。

不过,黄旭华并没有放松"警惕",核潜艇完全是我国自主研发的,没有一个部件是进口的,开展极限深潜试验,确实没有绝对的安全保证。因此,他无时无刻不在思考哪些

地方可能有疏漏,如果出了事故应该如何应急处理……他在脑海中设想了一个又一个解决方案。

试验开始了,所有参试人员屏息凝神坚守在自己的岗位上,只听到艇长下达任务和艇员汇报实测数据的清脆声音。面对核潜艇下沉时海水压迫潜艇焊缝造成的撕裂般的巨响,黄旭华镇定自若,不慌不忙地认真观察数据。其他人见到了,心情也慢慢平静下来。

当核潜艇潜到极限深度,检查没有异常后,艇长下令开始上浮。当核潜艇上浮到距离海面100米时,大家听到了轰隆隆的声音。"安全深度到了,各项数据正常,深潜试验成功啦!"全艇上下顿时沸腾起来!

在山呼海啸般的欢腾中,中国人民解放军海军潜艇史上首个深潜纪录诞生了!黄旭华也难以抑制心中的激动,他即兴挥毫赋诗一首:"花甲痴翁,志探龙宫,惊涛骇浪,乐在其中。"

科学思考、冷静分析、亲自参与、乐观面对。黄旭华以大无畏的科学精神为中国核潜艇事业做出了不可磨灭的贡献,值得后人学习。

如今，耄耋之年的他依然精神矍铄，每天坚持上班，为祖国新一代核潜艇的研制工作鞠躬尽瘁。同时，他也依然不求回报地为国家的科技发展与人才培养奔走操劳。他说，他要成为后辈的"啦啦队长"，给他们鼓劲儿。

"八字"家风　代代相传

黄旭华曾经说，自己之所以能有所成就，是因为他从父母那里继承了"三件宝"，就是"自力更生、艰苦奋斗、无私奉献"这12个字。

而现在，他又把这"三件宝"毫无保留地传给了自己的子辈、孙辈。慢慢地，家中也形成了"独立自主，自强不息"的"八字"家风。

"不用给他们讲太多，关键是我们的行动。"对于教育后代，黄旭华更注重言传身教。他的女儿们和外孙们都很独

立,在家里,孩子应该做的事情大人从来不帮,就连孩子参加高考这么重要的事情,父母都不会接送。

从小到大,黄旭华对3个女儿的成长并没有过多干预,唯独一件事例外,那就是他总是不厌其烦地对孩子们说:"一定要努力学习,一定要对祖国忠诚。"在他的言传身教之下,3个女儿无论学习还是工作都非常优秀,都在各自的岗位发挥所长。大女儿黄燕妮更是女承父业,成了一名国防科研工作者。

黄燕妮自幼跟随父母在条件艰苦的葫芦岛生活,每天除了上学读书,还要帮助母亲做家务、带妹妹。在最艰苦的日子里,她每天放学后甚至还要背着书包到山后帮助父亲搭猪圈。有一次,天上下起鹅毛大雪,但黄燕妮想起父亲说过"读书这件事一定要坚持",就没听母亲的劝阻,坚持和同学冒雪翻山越岭到学校上了一天的课。回家时,路面早已被积雪覆盖,黄燕妮只能和同学硬着头皮找路回家,不料走到一半掉进了冰窟窿里。被大人找到时,她的眼睫毛上都结了厚厚的冰花,在医院里高烧了9天9夜才熬过来。她一醒来,就看到了守在床边的父亲,父亲先是表扬了她的坚强和好学,然后又严肃地教育她做事不能鲁莽,要量力而行。从此以后,黄燕妮学会了无论做任何事都要有始有终,更要谨慎认真。

1980年,黄燕妮凭借自己的才能也进入了研究所,终于如愿以偿成为父亲的同事,实现了小时候"要坐在父亲办公桌对面办公"的梦想。如今,黄燕妮已经在研究所里工作了40多年,和父亲黄旭华一样,也将自己最美好的年华奉献给了祖国的核潜艇研制事业。

黄旭华用自己的一生,为祖国鞠躬尽瘁,从不后悔。他虽然工作十分忙碌,很少回家,但只要有时间,就会陪伴在家人身边。妻子也用一言一行,默默支持着他的事业。"路要自己走,做人要坚持。"这是黄旭华对孩子们的叮嘱和教诲。如今,"独立自主,自强不息"成为黄家永远不变的家风,教育了孩子们,也诠释了黄旭华的精彩人生。

博物馆里的珍贵记忆

黄旭华站在"404"艇前挥舞手臂欢呼极限深潜试验成功

  这是一张极为珍贵的照片,它被收藏于上海交通大学校史博物馆。黄旭华1949年毕业于交通大学造船工程系,是我国第一代攻击型核潜艇和弹道导弹核潜艇的总设计师。1988年,我国自主研发的核潜艇在南海进行极限深潜试验。黄旭华亲自带队,4小时下潜300米,由此成为世界上核潜艇总设计师亲自随艇完成极限深潜的第一人。照片上的黄旭华意气风发,他带着自豪的笑容向前方挥手,既是庆祝大家凯旋,也是在迎接祖国更美好的未来。

黄旭华故居

黄旭华故居又名"崇德堂",坐落在广东省揭阳市一个山清水秀的潮汕小村落——新寮村。黄旭华的家族在这里繁衍生息了400多年,他的父母当年设立育黎药房帮助父老乡亲,在乡间很有声望。黄旭华少年读书时曾在这里生活。故居至今仍保存完好,还有黄旭华院士的亲戚在里面居住。故居内设有黄旭华

院士成就展厅，还有黄旭华卧室、家具室、农具室各一间，以及故居管理处。黄旭华卧室里的盥洗架、太师椅、写字台和煤油灯等物品依旧保持着原貌。

2014年，黄旭华回到故里，欣然题词：我爱新寮村。

在新寮村，你还能听到很多院士的趣闻、武举人的逸事，体验这里数百年的风土人情。

后记

为深入贯彻落实习近平总书记关于注重家庭家教家风建设的系列重要论述，使社会主义核心价值观在广大家庭中落地生根，在全国妇联家庭和儿童工作部指导下，中国妇女儿童博物馆深入挖掘馆藏资源，精心组织实施了"家家幸福安康工程"品牌活动"家风故事汇"项目。项目以弘扬中华传统家庭美德、红色家风、社会主义家庭文明新风尚为主旨，讲述了50余位古今名人近200个生动感人的优秀家风故事和感人励志故事，录制了故事音频，并推出了"我的家风第一课"系列丛书。

丛书在扎实的故事文本的基础上，设置特色版块"博物馆里的珍贵记忆"，为读者带去集历史性、知识性、故事性、互动性于一体的延伸阅读体验，让家长和孩子一起聆听家风好故事、讲述家风好榜样、传播时代好家风。丛书致力于引导小读者品味家国情怀，感悟崇高精神，传承红色基因，赓续精神血脉，增强爱党爱国爱社会主义的情感，培育和践行社会主义核心价值观；给孩子讲好"人生第一课"，帮助他们扣好人生第一粒扣子，激励他们成长为担当民族复兴大任的时代新人。

丛书由中国妇女儿童博物馆组织专业团队倾力创作，得到全国妇联相关部门及各有关方面专家的悉心指导。同时，新蕾出版社精心组织编辑、出版，给予了大力支持。在此，我们一并表示衷心的感谢！受史料和认识的局限，书中的不足在所难免，敬请读者批评指正。

希望这套书能够得到您的喜爱！

丛书编委会
2021年9月